ことのは文庫

嘘つきな私たちと、紫の瞳

神戸遥真

MICRO MAGAZINE

目次 Contents

嘘の章

1-1◆クラスメイト……10
アナザーサイド①　ある女子生徒の嘘……46
1-2◆あの子の写真……56
アナザーサイド②　ある男子生徒の嘘……98
1-3◆本当の嘘つき……110

真の章

2-1◆まつりのあと……122
アナザーサイド③　ある男子生徒の真……148
2-2◆隠してた本音……160
アナザーサイド④　ある女子生徒の真……210
2-3◆大事なものは……220
アナザーサイド⑤　ある男子生徒の真……250
2-4◆和解と利用と……260
エピローグ①　ある女子生徒の希望……274
エピローグ②　ある女子生徒の未来……278

嘘つきな私たちと、紫の瞳

逝《い》なくなったあの子に、私は何もできなかった。
酷いことを言ってしまったと謝ることも。
大事な友だちだったということも。
何度も救われたことがあったということも。
何一つ伝えられないままになってしまった。
何一つ理解できないままになってしまった。

——だから。
私は嘘をついた。
あの子への、贖罪《しょくざい》のために。
あの子への、罪悪感のために。
そんなわたしに、きみは問うた。

「不治の病に罹《かか》るのって、どんな気分？」

あの言葉から始まったきみとの関係を。
きみからもらったものを。

きみのおかげで取り戻したものを。
そして、嘘を。

私は絶対に忘れない。

噓の章

1-1　クラスメイト

選択を間違えた。

腕に走った痛みに顔をしかめ、足下に落ちた潰れた空き缶を見て、そう思った。

少し離れたところに、ブルーのシンプルな襟つきシャツを着た五十代くらいの男性が立っている。私に空き缶を投げつけたのがその男だということは、まるで汚いものでも見るような、嫌悪に満ちたその視線からも明らかだった。そもそも、人通りの少ない川沿いの緑地帯。私に対峙《たいじ》している人間がほかにいない時点で、答えは明白だ。

そう、私の一つ目の間違いは、いくら日の高い時間帯とはいえ、人通りの少ない緑地帯を通って下校しようとしたこと。高校を出る際、人の多さにうんざりして、最寄り駅までやや遠回りになるがこの道を選んだ。それが悪かった。

そして、もう一つの間違いは。

「《ヴァイオレット・アイ》は出歩くな！」

《ヴァイオレット・アイ》なのに、こんな場所に一人でいる危険性を考慮しなかったこと。

私が今の状態で学校に通うようになって約二週間。遠巻きに見られたり避けられたりすることは何度もあった。そういう周囲の反応は、あくまで想定の範囲内。

けど、見ず知らずの他人に、まさかこんなにも直接的な暴力をふるわれるとは。

足がすくんで喉が詰まったようになり、うまく呼吸ができなくなった。今いる緑地帯は少し低いところに造られていて一般道からは見えにくく、私がいるところは鬱蒼《うっそう》とした木々で陰になってもいる。助けを求めようにも、前述のとおり人通りはほとんどない。そもそも、相手が何をしてくるかわからない状態で下手に動くのも怖い。空き缶を投げつけられる以上のことをされる可能性だって、十分にありうる。

手で覆って、左目を男から隠したい衝動に駆られた。

左目――紫色の、この瞳を。


初期症状として左の瞳が紫色に変わるこの病は、巷《ちまた》では《ヴァイオレット・アイ》と呼ばれている。

病が進行すると、瞳だけでなく全身に紫斑が現れ、食欲がなくなり、様々な機能が衰え、やがて多臓器不全で死に至るとされている。

発症するのは、十三歳から十七歳という思春期真っ盛りの少年少女たちのごくごく一部。

日々様々な研究が世界各国で行われているものの、遺伝性のものなのか、はたまた未知のウィルスによるものなのか、発症原因はいまだに特定できていない。

こんな《ヴァイオレット・アイ》は、人から人へと感染するような病気ではないというのが多くの研究で一致した見解だった。なので、ニュースや学校などでも、くり返しこんなメッセージが伝えられている。

『誰が発症するかわからない病気です』

『人から人に伝染する病気ではありません』

『発症者を差別するような言動・行動は取らないようにしましょう――』

けど、未知の脅威に対する不安や恐怖は、そう簡単に取り除けるものでも、目を瞑れるものでもない。頭でわかっていても、実際にそれができるかどうかはまた別だ。

患者がいれば、関わりを避ける人もいる。

腫れものに触れるようになる人もいる。

そして、空き缶を投げつけてくる人も。


心臓がバクバクと音を立て、膝が震えそうになる。誰か警察に通報してくれないか――なんて望むのは、都合がよすぎるだろうか。

一人になることを選んだのは、自分なのに。

自業自得。助けてくれる人なんて――

「――おっさんさ」

ふいに、そんな声が聞こえた。

すぐそば、一般道に通ずる階段。男の背後に当たるその階段を、うちの高校の制服を着た男子生徒が、ゆっくりと下りてきた。

見るからに教科書など入っていなそうな薄いスクールバッグを片手で肩に引っかけ、その男子生徒は言葉を続けた。

「さっき、そいつに空き缶投げただろ？　暴行罪って奴だよな？　警察呼んでいい？」

制服のネクタイを緩く締め、腕まくりした白いシャツ。目元を半ば隠すような、やや伸び気味の黒髪。全体に線が細く、血管が透けるような白い肌、ひょろりと長い手脚。

ゆったりと、どこか気怠げにも見えるような空気を纏《まと》ってやって来るその男子生徒が誰なのか、すぐにわかった。

クラスメイトの、鷲宮啓二《わしみやけいじ》。

二年生で初めて同じクラスになった鷲宮が教室で授業を受ける姿を、私は数えるほどしか見たことがない。そもそも学校にも来たり来なかったりという出席状況で、来ても屋上やら保健室のベッドやらで過ごしている時間の方が長いと耳にした。

見るからにクールな雰囲気で、余計なエネルギーは使いたくなさそうなタイプ。私はその表情筋が動くさまを見たことがない。先生やクラスメイトに話しかけられれば、無視などはせず小さな声でボソボソと返す。必要以上のことはしゃべらず、面倒になったらさっさとその場から立ち去る。鷲宮啓二はそんな生徒だ。

その鷲宮が、なぜか私を助けに入った。

「おっさん、聞いてる？」

鷲宮に睨まれ、男は手にしていた空き缶を近くに投げ捨てた。そして、ごにょごにょとよくわからないことを吐き捨て、走り去っていく。

あっという間の出来事だった。急にやって来て去った嵐に、安堵のあまり脱力してそばの柵に凭《もた》れる。心臓はまだ音を立てていて、全身が脈打って熱い。

鷲宮は男が捨てた空き缶を拾うと、両手でさらに小さく潰してこちらを見た。

クールな表情ではあったけど、少なくとも、鷲宮は私を睨んではいなかった。そのことにまた安堵し、ペコッと頭を下げる。

「……ありがとう」

私の礼に、鷲宮は「別に」と小さく低い声で端的に返した。そして、ずいと大股で距離を詰めてくると、その背を丸めるようにして私の顔を——左目を覗き込んでくる。

「それ、《ヴァイオレット・アイ》？」

ストレートな質問に、素直に頷いた。

……というか。

「私のこと、知らないの？」

鷲宮はきょとんとしたように目を瞬く。

「何、あんた有名人なの？」

その言葉に、顔の表面がカッと熱くなった。

五月、ゴールデンウィークの連休明けに登校した私の左目を見たクラスメイトたちは、軽いパニックに陥った。「嘘」と呟いた生徒もいたし、「なんで二人も？」と悲鳴のような声を上げた生徒もいた。私が《ヴァイオレット・アイ》を発症したという噂は瞬くうちに学校中に広まり、以来、腫れもののような扱いを受けている。

それを知らない人間なんて、学校にはもういないと思ってた。

驕《おご》っていたのを見透かされたような気まずい心持ちになりつつ、ボソリと返す。

「一応、クラスメイトなんだけど」

鷲宮はポンと手を叩くような仕草で、潰した空き缶を叩いた。ヘコッと小さな音がして、「なる」と呟く。

「二年一組？」

私は「出席番号七番、紀田咲織《きださおり》」と答えた。

「おれは出席番号四十番」

名乗るつもりはないらしい。まぁ、知ってたからいいんだけど。

一歩下がった鷲宮は、無遠慮な視線のまま私を観察し続けていた。珍しいのか、同情しているのか、それともなんとも思っていないのか。仮にも助けてもらったし、必要以上の警戒心を抱く理由はなかったものの、じろじろと見られるのはあまり居心地がよくない。

助けてくれたことには感謝しているが、さっさとここから立ち去りたくなってきた。

「あの――」

そのとき、鷲宮が口を開いた。

彼は一切の淀《よど》みなく、私に質問を投げかける。

「不治の病に罹るのって、どんな気分?」

◆◆◆

私は鷲宮のことを、学校をサボってばかりの問題児だと思っていた。

教室にいないのはもちろん、文化祭の係決めにも参加していない。学校では六月下旬に行われる文化祭の準備が本格的にスタートしており、先日、私も強制的に装飾係とやらにふり分けられたばかりだ。

けど、鷲宮の存在を意識するようになって気がついた。

朝、私がホームルームが始まるギリギリの時間に登校すると、下駄箱には出席番号四十番の、鷺宮のスニーカーがいつもある。意外なことに、鷺宮は学校をほとんど休んでいなかった。ただ、教室にいないだけ。

それってもしかして、保健室登校という奴なのでは？

そう考えた私は保健室を訪れ、三十代くらいの女性の養護教諭、汐見《しおみ》先生に訊いてみた。

「うちのクラスの鷺宮啓二、保健室によく来ますか？」

保健室の利用について、などという個人情報は教えてもらえないだろうと予想していたけど、汐見先生はあっさりと「あぁ、鷺宮くん」と答える。

「保健室に来るのは、天気が悪い日だね」

雨が降ると、鷺宮は保健室のベッドを使いに来るのだという。

なんだそれ。低気圧に弱いとか？

——理由は、数日後にわかった。

その日は朝いちに全校集会があり、体育館への移動途中のこと。

三階の渡り廊下を歩いていたら、うちのクラスの女子二人が、窓にはりつくようにして外を見ていた。

「旧校舎の屋上って入れるんだね」

「鍵が壊れてるのかな？」

彼女たちが窓から見ているのは、今私たちがいる一般校舎の隣、文化部の部室などに使われている古い三階建ての旧校舎。その三階の上、屋上に人の姿があった。

鷲宮だ。

屋上の柵に凭れて空を仰いでいる。伸び気味の黒髪が風に吹かれ、さながら青春映画のひとコマのようで、なんだかすごくサマになっていた。女子たちはそんな鷲宮に対し、「遠くから眺めてる分にはカッコよくていいよね」などと勝手なことを話している。

確かに、鷲宮の見てくれは悪い方ではない。鼻筋は通っていて顔のパーツのバランスもいいし、髪をもっとさっぱりさせれば〝イケメン〟という単語もハマりそうだ。素行の悪さと掴み所のない雰囲気が、それらを台なしにしているけど。

「なんで授業受けないんだろ。去年はそんな感じじゃなかったのに」

「空き教室とか非常階段とかで時間潰してるって聞いたことあるよ。少し前に勝手に空き教室を使ってたの、カジセンに怒られたって」

そうして、女子たちは窓際から離れていった。

そんな彼女たちのおしゃべりのおかげで、謎が一つ解けた。屋上などで時間を潰しているから、雨の日は保健室に行くのかもしれない。

さっきまで女子たちがはりついていた窓に近づき、私も冷たいガラスに顔を寄せた。

青春映画のひとコマの鷲宮は、私が見ていることになんて、ちっとも気がつかない。

――不治の病に罹るのって、どんな気分？

あの日から、私の頭にはあの質問がこびりついたままだった。

質問を投げかけられた直後、私は頭が真っ白になり、気がついたら緑地帯から一般道に戻って駅を目指していた。要は、答えないで逃げたのだ。

走るような早足になっていて、駅に到着したときには薄ら汗ばみ、息も上がっていた。

最初は、自分が腹を立てているのだと思った。

不躾《ぶしつけ》なことを、無神経なことを無遠慮に訊かれたから。

《ヴァイオレット・アイ》が完治したというニュースは見たことがない。まさに、彼が口にした不治の病そのものだ。

それを、あんなふうに言われた。腹を立てるのは当然だと、頭では考えた。

だけど。

怒りのような感情は長続きしなかった。

残ったのは、ただただ純粋な疑問。

鷲宮は、どうしてあんな質問をしてきたんだろう、と。

《ヴァイオレット・アイ》について訊くにしても、普通は遠慮するし、言葉だって選ぶ。

鷲宮は、私の何かが気に障ったんだろうか。

クラスメイトとすら、認識されていなかったのに？

それとも……。

空を仰いでいた鷲宮の目が、チラとこちらを見たような気がした、けど。

多分、きっと、気のせいだ。

◆◆◆

誰かを視界に入れるということは、その人の視界に自分が入るということでもある。

何かにつけて鷲宮を観察するようになって、気がつけば一週間。五月の末日でもあったその日、とうとう本人に気づかれた。

旧校舎二階の廊下の奥、非常扉を開けて外を覗いた瞬間、名前を呼ばれた。

「出席番号七番、紀田咲織さん」

非常階段の二階と三階のあいだの踊り場。そこに腰かけ、自分の膝に頬杖をついた鷲宮が、こちらを見下ろしている。

「あんた、最近おれのことよく見てるだろ?」

鷲宮はクールな表情はそのままに、さらりと訊いてきた。こういうことをまっすぐに訊けるあたり、常人とは神経の太さが違うのかもしれない。

私が答えずにいると、鷲宮は質問を重ねた。

「授業サボったの？」

現在時刻は午前十一時半、四時間目の授業の真っ最中。

「サボってない。数学、自習になったから」

家庭の事情だとかで数学の先生がお休みで、急遽《きゅうきょ》自習となったのだ。ならばと私は教室を抜け出し、校内をぶらついた。

「で？　おれになんか用？」

「用って？」

「おれのこと、捜してたんだろ？」

鷲宮って、やっぱり神経が図太い。ほとんど断定するような口調だ。

「……暇だったから。なんとなく、ここに来ただけ」

すると、鷲宮は非常階段の向こう、旧校舎に面した一般校舎の方を軽く顎でしゃくった。

「ここから一般校舎、よく見えんだよ。紀田さん、ずっとうろうろしてた」

その言葉に、私の顔だけでなく耳の先まで赤くなった。

鷲宮の言うとおり。私は一般校舎の非常階段や屋上をひととおり見てから、この旧校舎に辿り着き、そしてようやく鷲宮を見つけたのだ。

一連のそんな動きまで見られていたとは思わず、動揺していると鷲宮は鼻で笑った。

「何？　おれのこと好きなの？」

「え……は？」

あらぬ誤解を受け、焦った私は階段を二段上った。

「違う！　違うし！　わけわかんない汚名着せないでよ！」

「汚名って、失礼じゃね？　おれ、顔はそんなに悪くないと思うんだけど」

「それ自分で言う？」

神経が図太く顔がいいと自認する鷲宮は頬杖をついたまま、何を考えているのかわからない目でこちらを見下ろしている。これじゃあ私ばっかり動揺していて、本当に鷲宮のことが好きみたいに見えるじゃないか。

「本当に、違うから」

もう一度否定し、深呼吸した。

「その、確かに、鷲宮ともう一度話したいとは、思ってた。でも鷲宮、教室にいないし。捜すしかないじゃん」

「話したいって、何？」

「このあいだ言われたこと」

「このあいだ？」

鷲宮は視線を空に漂わせ、首を傾げるような素ぶりをする。

本当に、なんのことかわかっていないんだろうか。

しばしの間のあと、鷲宮の視線が私の元に戻ってきた。その目が問いかけるような色をしているので、仕方なくあの日の質問を口にする。

「『不治の病に罹るのって、どんな気分？』」

鷲宮はこれといった反応を示さなかった。

「忘れてたわけじゃ、ないんでしょ？」

すると、「まぁ」と気のない返事。

鷲宮にとっては、ちょっとからかったとか、それくらいの意味しかなかったのかもしれない。あの日、私を助けたのだって、どう考えたって気まぐれでしかないだろう。

でも、あの言葉は私の中にくっきりと残り続けた。

――不治の病に罹るのって、どんな気分？

あまりに的確だったのだ。私がずっと抱え、言葉にできずにいた感情を、それはこれ以上ないほど表現している。

「で？」と鷲宮は私を促した。

「紀田さんは、どんな気分なわけ？」

しばしの間ののち、私は答えた。

「わからない」

「は？」

「わからないから、考えてる」

私の答えに、鷲宮は「わけわかんねー」と呟いて、そばの手すりに凭れかかった。

日本では珍しい懸垂型の千葉都市モノレール。そのみつわ台《だい》駅が私の自宅の最寄り駅で、駅構内の女子トイレを私は五月になってから平日は毎日使っていた。

今日も放課後になって最寄り駅に戻ってくると、スクールバッグから取り出したケースを鏡の前に置いた。手を洗ってから左目に指を添え、眼球を動かす。

コンタクトがずれて外れた。

指先に載っているコンタクトを保存液で洗い、ケースにしまう。乾燥したのか、少し違和感のある左目に目薬を差して、鏡に映った自分の顔を見る。

左右ともに、瞳は明るい茶色。

だいぶ慣れたとはいえ、コンタクトを外すといまだにホッとする。自分で決めたことなのに。鷲宮の「わけわかんねー」を胸の内で真似してみたら、なんだかしっくりした。

明日から六月、夏に向かって日は長くなり、午後五時半を過ぎても外はまだ明るかった。坂道を上り、駅から歩くこと約十分。自宅マンションのドアを開けると明かりが点いていて、リビングには母の姿があった。今日は出社日だと聞いていたのに。

「ただいま」「おかえり」なんてやり取りもなく、母は私を認めるなりこちらにやって来た。その足音だけで、お怒りなのがわかってしまう。

「まだ不謹慎メイクしてるの？　今日も梶山《かじやま》先生から連絡があったんだけど！」

生徒たちにカジセンと呼ばれている梶山先生は、二年生の学年主任。今月は何度か呼び出しを喰らい、半分は無視したが、母に直接連絡されてしまってはどうしようもない。

答えず踵《きびす》を返そうとすると、母に肩を掴まれた。

「咲織、聞いてる？　あなた、本当に何がしたいの？」

その手をふり払って自室に逃げ込み、鍵をかけた。皺《しわ》になるとわかっていつつも、制服のままベッドに転がって身体を横にする。ドアの向こうで「咲織！」と呼ぶ声がしたけど、無視していたら五分も経たずに聞こえなくなった。

不謹慎メイクをするようになってから、母とはずっとこんな感じだ。もっとも、母との関係自体はもっと前から悪くなっていたのだけど。

不謹慎メイクとは、《ヴァイオレット・アイ》の症状を真似た、言葉どおりに不謹慎なメイクのことを指す。手脚に紫斑を真似たメイクを施したり、私のように、カラーコンタクトで左目を紫にしたり。

不謹慎メイクは、元々は《ヴァイオレット・アイ》を発症したある女の子と仲のよかった子たちが始めたレジスタンスが起源だと、ネットの記事には説明があった。《ヴァイオレット・アイ》を発症して周囲から差別されるようになってしまったその子を守り、周囲に訴えかけるため、仲のいい友人たちが集団で行ったのが始まりらしい。それが話題になって、学校の患者への対応マニュアルが整備されるようになった、なんていうのが本当かどうかはわからないけど。

そんなふうにして話題になった不謹慎メイクは、やがて様々な形で模倣されるようになっていった。十年経ってもなかなか進まない研究や、手をこまねいている大人たちへの反抗を示すため、あるいは単なる病みファッションとして。本物の患者と区別がつかなくなると問題視もされているが、今のところ法的な規制などはない。

不謹慎メイク自体は前々から知っていたし、イタイことをしている子が世の中にはいるんだな、くらいに以前は思っていた。

その印象が変わったのは、四月のある日、SNSで見かけたある動画だ。

その動画の配信者、アミノは私と同い年の高二の女の子で、普段はプチプラコスメの紹介を配信しているらしかった。けど、SNSでバズったその動画で彼女が紹介していたのは、不謹慎メイクのやり方。

アミノは喪服のような黒服でカメラの前に登場し、淡々とした口調で語りだした。

『先月、アミノの大事な友だちが、《ヴァイオレット・アイ》で亡くなりました』

動画を通じて知り合い、オフでも定期的に会っていた、仲のいい友だちだったという。

『私は、その子のために、なんにもできませんでした。学校で辛《つら》い目に遭ってるって話を聞いて、もちろん相談にも乗りました。でもやっぱり、理解しきれなかった、わかってなかった部分もあったなって思うんです』

そうして、アミノが辿り着いたのが、不謹慎メイクだった。

アミノは不謹慎メイクをして外出し、《ヴァイオレット・アイ》がどんなふうに世間から見られているのか、肌で感じられたと話した。

『周囲を騙すようなものだし、不謹慎メイクがいいとは思っていません。でも、私はやってよかった。あの子がどんな目に遭っていたのか、今さらだけど少しわかりました』

そんな動画を観た直後、私はパープルのカラーコンタクトを通販サイトで注文した。

アミノは私だった。

大事な友だちに、光希《みつき》に何もできなかった私だ。

ベッドに身体を横たえたまま、ポケットからスマホを取り出した。メッセンジャーアプリの通知があって、表示された父の名前にさらに胃が鈍く痛んで通知を消す。父との面会をもう半年以上断り続けている。そろそろ会わないとかわいそうかもしれない、という気もすれど、でもやっぱり今は無理だ。

父と母が離婚したのは、私が小学校を卒業してすぐのこと。私の苗字は母の旧姓である紀田に変わり、そして他県から中学入学と同時にこの街に引っ越してきた。

母方の祖父母の家までは車で十分の距離だが、苗字も変わって友だちもいない。中学生活への期待より不安の方が勝っていた入学式の日、声をかけてくれたのが光希だった。

――へー、引っ越してきたんだ。どこから？

私が以前住んでいた街の名前を教えると、翌日、光希は印刷した地形図を手に、興奮気味に私の席にやって来た。

――等高線の密度がハンパなかった！

何を言っているんだと思ったけど、あとから説明を聞いて理解できた。前に住んでいたのは急な坂の多い街。そして、傾斜が急になるほど、標高を示す等高線は幅が狭くなる。光希が言っているのはそういうこと。要は、光希は地図オタクだった。

どこに行くにも地形図を持参する光希は、クラスでは変わり者扱いされていた。小学校時代からこうだったそうで、昔から光希を知っている女子たちは「光希ちゃんは、ちょっとあれだから」と揃って苦笑した。そりゃそうだろう。恋やおしゃれに夢中な彼女たちが、等高線だの三角点だのに目をキラキラさせる光希と話が合うわけがない。

でも、そんな光希だからこそ私は気楽だった。私が前に住んでいた街の地形に興味はあれど、引っ越した理由には興味がない、そんな光希だからよかった。新しい街も、中学も、思っていたよりずっと悪くないと思えた。

光希がいたから、やってこられたのに。

光希の瞳の色に変化が現れたのは――光希が《ヴァイオレット・アイ》を発症したのは、

去年の七月、文化祭が終わってすぐのことだった。

突然のことに戸惑い、強がるように笑う光希を、私は必死に元気づけた。光希と距離を置こうとする周囲に憤り、自分は絶対に今までどおり接しようと心に誓った。

――光希ちゃんのこと、聞いたんだけど。あんまり近づかない方がいいんじゃない？

そんなことを言ってきた母のことも突っぱねた。父と離婚し、女手一つでがんばっている母のことを尊敬していたし応援もしていた。なのに、そんな差別的なことを言うなんてとショックだったし、悲しかった。

何があっても光希の味方でいなきゃと思った。光希の体調を毎日気にかけ、様々な治療法や病院などの情報も必死に集めた。

季節は流れ、十二月、クリスマスも目前というその日。先進的な研究をしているという病院の話を、私は保健室のベッドで横になっていた光希に伝えた。光希は三日ぶりに登校できたものの、貧血のような症状で保健室で休んでいたところだった。

話を最後まで聞いた光希は、苦笑するように応えた。

――でもうち、あんまお金、ないからさ。

光希の家が裕福とは言いがたいことは知っていた。寝たきりの祖母が家にいて、父親は事情があって働けず、母親が家計を支えている。

――じゃあ、治験は？

治験に参加すれば、最新の設備で治療を受けられる。

発症のトリガーこそわかっていないものの、《ヴァイオレット・アイ》の症状の進行を遅らせる研究は世界中で行われていて、治療薬の開発も近いという噂を聞いた。

けど、光希はそれにも首を縦にふらない。

――動けるうちは、家にいた方がいいし……。

そんな光希に、私は顔を真っ赤にして怒った。

――なんで諦めてばっかりなの？　もっと……もっと、ちゃんと考えてよ！

毎日《ヴァイオレット・アイ》の症例について調べていた私には、光希に残された時間がこのままだとそう長くはないとわかっていた。少しの時間も無駄にしたくなかった。

だけど、次の瞬間。

光希の顔から、あらゆる感情が削ぎ落ちた。

いつだって明るかった光希のそんな顔を見たのは、その一度きりだ。

――咲織には、あたしの気持ちなんてわかんないよ。

そう、光希の言うとおりだった。あの頃、光希がどんな思いで毎日を過ごしていたのか、きっとこれっぽっちも私には理解できていなかったんだと思う。

あの日を最後に光希は学校に来なくなり、私は光希に謝ることもできないまま時間を無駄にした。見舞いにも行けず、自分の殻にこもってしまった。

あんなに大事だったのに、何もできなかった。理解もできなかった。

――だから。

今さらだってわかってる。それでも、私はアミノの真似をして、左目にコンタクトを入れた。それで学校で孤立するなら結構。光希の状況を、気持ちを追体験できるなら、あとのことなんてどうでもいい。生きていれば、そんなのどうとでもなる。

だけど、光希はもういない。

横になったままでいたが、目は冴えて眠気はやって来ない。気力をふり絞って上体を起こすと、ベッドサイドに伏せてある写真立てに目が行った。

去年の五月、入部したばかりの地理学研究部のフィールドワークで、高尾山《たかおさん》に行ったときの写真。私と光希、それとクラスも部活も一緒の友だちである花《はな》の三人で、揃いのマップケースを首から提げて撮った。マップケースとはその名のごとく地図を入れるためのケースで、多くはビニール製だ。透明になっていて地図を濡らさずに確認できるため、登山のときなどに便利なアイテム。

あのとき、光希の提案で私たちは揃いのマップケースを買い、みんなで持ち寄ったシールなどでデコレーションした。「そんなシール、山登りしているうちに剥がれちゃうよ？」と部の先輩には笑われたけど、そしたらまた別のシールを貼ろうと私たちは話し合った。

結局、光希がフィールドワークに参加したのは、それが最初で最後だったけど。

そもそも、光希がうちの高校を志望したのだって、地理研があるというのが大きな理由の一つだった。なのに、たったの一回しかフィールドワークに参加できなかった。

写真立ては今日も伏せたまま。起こすこともできず、私はようやく制服から着替えた。

◆◆◆

六月になり、五月から移行期間だった制服は、正式に夏服へと衣替えになった。

その朝も駅のトイレでカラーコンタクトを入れ、高校の最寄り駅である海浜幕張《かいひんまくはり》駅で下車した。今日で不謹慎メイクを始めて一ヶ月。周囲から向けられる視線にも、だいぶ慣れてきた。

駅から徒歩圏内には高校や大学だけでなくオフィスも多く、通勤通学の時間帯は周辺の混雑が半端ない。ロータリーにはひっきりなしにバスが出入りし、人の流れに少しでも逆らうと容赦なくぶつかられてしまう。そう、わかっていたのに。

うっかり前を見ず、スーツ姿のサラリーマンにぶつかってよろけ、尻もちをついた。

「あ、すみません！」

二十代くらいの男性に謝られ、ぼうっとしていたのは自分の方なので「こちらこそ」と謝って顔を上げた。

目が合った瞬間、男性の表情が固まる。

「……えっと、ケガは？」

「ないです」

「ならその、よかったです。すみません」

男性は頭を下げるとそそくさと去っていき、私はペタンと座ったままそれを見送った。

酷いことを言われたわけじゃない。むしろ、必要以上に謝られた気すらする。

なのに、心のどこかが削られるような感じがあった。光希ならこんなときどうだっただろうと考える。仕方ないよね、と笑って流しただろうか。

考え込んでしまい動けずにいたら、「おい」と声をかけられた。

「いつまで座ってんだよ」

鷲宮に見下ろされていた。

鷲宮のクールな顔越しに広がる空には、薄ら白い雲が広がっている。

「ただでさえ目立つ上に、通行の邪魔だぞ」

「目立つって……」

鷲宮は私を心配したり、手を差し出したりするつもりはないらしい。私は自力で立ち上がり、汚れたスカートをはたいた。

先刻、歩きながらよそ見をしたのは、声をかけたら届きそうな距離に、鷲宮がいることに気がついたからだった。

さっきの出来事を、鷲宮はどこまで見ていたんだろう。

歩きだした鷲宮の隣に並ぶ。鷲宮は歩調を緩めるような紳士ではなかったけど、私をあしらうようなこともしなかった。

ゲームセンターやファストフード店などが入った商業ビルの横を抜け、歩行者信号待ちになって揃って足を止める。

「……あのさ。少し前から、思ってたんだけど」

鷲宮は目だけでこちらを見、「なんだよ」と応える。

「半袖にしないの？」

ブレザーこそ着ていないものの、鷲宮は長袖シャツ姿で、肘まで袖をまくっていた。それなら半袖にすればいいのに。

「日焼け防止？」

「まくってたら意味ないじゃん」

「うっせーな。クローゼットから出すのが面倒なんだよ」

鷲宮は吐き捨てるように言い、こちらを見下ろしてきた。鷲宮は私より十五センチくらい背が高い。

「紀田さんこそ、紫外線対策はいいわけ？」

「私？」

顔と手脚に、日焼け止めくらいは塗っているけど……。

「《ヴァイオレット・アイ》って、紫外線で症状悪化するって話なかった？」

「え、そうなの？」

かつて、光希のために様々な情報を掻《か》き集めていたが、それは記憶になかった。

「それ、どこの情報？」

歩行者信号が青に変わる。鷲宮は「さぁな」と答えてさっさと歩きだし、私はため息をつきつつ追いかけた。

先週、非常階段で話して以来、鷲宮とは顔を合わせればこんなふうに会話をするようになった。おかげで、鷲宮のキャラが少しずつわかってきた。

思ったことはわりとそのまま口に出す、ある意味では無神経。けど、必要以上に相手を詮索したりはしない。わからないことがあっても、面倒そうなら関わらない。積極的に誰かとつるむ気はないけど、近寄ってくる人間を拒絶したりもしない。

授業をサボるような一匹狼だし、もっとトゲトゲした奴じゃないかと勝手に想像していた。けど、その実態はふわふわした面倒臭がりだ。

そんな鷲宮といるのは、意外と悪くなかった。

不謹慎メイクをするようになり、あらゆる周囲と一気に壁ができた。好奇心を隠さない目で遠巻きに見てきたり、あからさまに避けたり、空き缶を投げつけたり。そんな様々な反応に比べ、鷲宮の態度は一貫して裏表がなくわかりやすい。時に不躾で失礼でも、そちらの方がよっぽど好ましいこともある。

今日も今日とて、鷲宮はこんなことを訊いてきた。

「瞳の色が変わってから、写真撮った?」

「撮ってどうすんの?」

「記録とか記念とか?」

記念写真でも撮るべきだと言うんだろうか。

光希の瞳が紫に変わったあと、私たちはあまり写真を撮らなくなった。光希から「撮ろう」と言われることはなかったし、こちらから言い出せる雰囲気でももちろんなかった。

そんなこと普通、《ヴァイオレット・アイ》の人間に訊く? とは思えど、これが鷲宮という人間だということもわかってきた。腹を立てたり、考えすぎたりするようなものではない。

「もし鷲宮がそういう立場だったら、写真、撮りたいと思う?」

「おれ、そもそも写真嫌いだから。どっちみち撮らん」

なんだそれ。

「せっかくの男前なのにもったいないんだけどな」

「誰もそんなこと思ってないよ」

「おれが思ってんだよ」

「思ってるなら、写真撮れば？」

「嫌だ」

よくわからない会話をしているうちに、文教地区にある我らが豊砂《とよすな》高校に着いた。

昇降口で上履きに履き替えるなり、鷲宮は欠伸《あくび》をして教室があるのとは逆方向に廊下を歩いていく。保健室に行くらしい。

今日は雨じゃないのに保健室なのかと思っていたら、一時間目が始まる頃、空を覆っていた雲はいつの間にか厚くなり、ポツポツと雨粒が落ちてきた。


鷲宮は三時間目の芸術選択科目、美術の授業にだけ参加したらしいが、今日も二年一組の教室には顔を出さず、帰りのホームルームも終わって放課後となった。

鷲宮は、何が楽しくて学校に来てるんだろう。家にいたくないとか、そういう感じ？

私は自分の家のことを考え、たちまち憂鬱になった。今日は母がテレワークで在宅している。どちらにしろ帰宅すれば険悪な空気になるが、少しでも先延ばしにしたい。

文化祭の準備が始まるようで、私は教室を出た。一応装飾係に任命されてはいるものの、今のところ具体的な作業は何一つ割りふられていない。こちらから言い出さない限り、準備に参加しないまま文化祭本番を迎えるような気がする。数日前に鷲宮と文化祭の話をした際、彼は自分も装飾係であることを認識すらしていなかった。

午前中に降っていた雨はもう止んでいたが、雲はまだ厚く湿度も高く、どこもかしこもじっとりしていて気持ちが塞いだ。

――高校生になったら、放課後は寄り道とかしたいよね。

中学生の頃、光希はそんなことを話していた。

――カフェとかファミレスに寄ったりとか？

私が質問すると、光希は大仰に首を横にふった。

――そんなお金かかることとしないよ。たくさん歩いて世界制覇だよ。

光希は中学生の頃、自宅で印刷した国土地理院の地形図を手に近所をひたすら歩き、歩いた道を蛍光ペンで塗り潰していた。地理の教科書でおなじみ、田畑のマークや等高線の描かれた、あの地形図だ。知らない道がなくなるのが嬉しいのだという。少しずつ少しずつ蛍光ペンの範囲を拡大して、いつか世界制覇するのだと言っていた。

そんな光希も高校進学と同時にスマホを手に入れ、オンラインでも地形図を見られるようになった。けど、オンラインの地形図は蛍光ペンで塗れない。そこで、光希はオンラインの地形図はもっぱら標高の確認に使った。カーソルを合わせると標高が表示されるのだ。

標高なんて調べてどうすると思ったけど、高校の入学式の日、そんな標高がきっかけで、光希は花と親しくなったらしい。ものは使いようなのかもしれない。

手持ち無沙汰になると、私はかつての光希のようにスマホで地形図を開いてしまう。廊下のすみで壁に凭れ、画面をスクロールする。どこか知らない山奥でも表示しようと、地形図上を彷徨《さまよ》っていたときだった。

「——あの、咲織！」

ふと名前を呼ばれて顔を上げた。

花だ。

肩からスクールバッグを提げ、帰り支度をしている花はシュシュで結った長い髪を指先で落ち着きなくいじりつつ、そっと訊いてきた。

「ごめん、その、忙しかった……？」

花と話すのは久しぶりだ。不謹慎メイクをし始めてから、鷲宮以外に自分から話しかけることはほとんどなくなっていたし、花もこちらを避けているような雰囲気があった。

花とは、かつて——光希がいた頃は、クラスも部活も一緒で、いつも行動をともにするくらい親しくしていた。そういう友だちだったはずなのに、今はなんだかすごく遠い。

花は私の手元に視線をやり、ふっと表情を緩める。

「私もたまに、サイトで地形図見ちゃう。……光希がよく見てたよね」

唐突に出された光希の名に、私はスマホをスカートのポケットにしまった。

花は静かに深呼吸し、やがて意を決したように顔を上げる。

「咲織、部室に行かない？」

突然の誘いに反応できなかった。

地理研の部室にはずっと顔を出していなかったし、もう除籍されているものだとばかり思っていた。

けど、花は言葉を続ける。

「今日、文化祭のミーティングがあるの。先月、館山《たてやま》にフィールドワークに行って……あ、新入生も三人入ったんだよ。それで……」

話し続ける花に、光希がいた頃のことを思い出す。

光希に誘われて入った地理学研究部に行かなくなったのは、去年の秋頃からだ。光希が部室に行かないのに、私が行けるわけないと思ってのことだった。

でも、私とは対照的に、花はずっと部室に通っていた。

放課後になると、光希は私と花に「あたしのことは気にしないで部室に行きなよ」とよく言った。「せっかく部活に入ったのに、あたしに付き合ってちゃもったいない」と。

けど私はそんな光希につき添い、そして花は光希の言葉に素直に従った。

そんな花とは、次第に噛み合わないことが増えていった。それが決定的になったのが、光希が最後に登校した日。

光希に「あたしの気持ちなんてわかんないよ」と言われ、塞ぎ込んだ私に、花は何度も「お見舞いに行こう」と声をかけた。

――光希だって、咲織に会いたいはずだよ。

でも、そうじゃなかったら？

それより何より、私は怖かった。学校にも来なくなってしまった光希の病状を、知りたくなかったのだ。それを知ったらきっと、彼女がどんなふうにこの世界から消えていくのか考えてしまう。弱っていく光希を見るのが怖くて、足がすくんだ。

そんな私に、花は吐き捨てた。

――私だって……私だって、悲しいのに！

一人で悲劇のヒロインごっこをしていると責められたように感じ、何も言えなくなった。

それ以来、花ともずっとギクシャクしたまま。花が「お見舞いに行こう」と私を誘うことはもうなかった。その後、花が一人で見舞いに行ったのか、私は知らない。

そして光希が亡くなり、春休みが終わって新しい学年になり、花とは今年も同じクラスになった。

光希はもういない。私と花がギクシャクした関係を続ける理由がないことはわかっている。そして花は今、おそらく私のことを心配してくれている。

不謹慎メイクをしようと決めたのは私だし後悔はない、けど。

花には本当のことを話したらどうだろうという考えが頭を過《よぎ》る。

花は、答えを教えてくれるだろうか。

――不治の病に罹るのって、どんな気分？

私にはまだ、その問いの答えが全然わからない。

「……ごめん。部室は、いいや」

私の答えに、花はガッカリしたような、でもどこかホッとしたような表情になった。

「もしその気になったら、いつでも言って」

そのとき、ふと思い至る。

「地理研、次の部長って、もしかして花？」

三年生は六月の文化祭で引退となる。次の部長がすでに内定していても、時期的にはおかしくなかった。

「あ……うん、そう。消去法みたいな感じだけど」

去年の、高尾山でのフィールドワークのときのことが蘇る。

青空の下でのランチタイム。みんなでお弁当を囲みながら、先輩たちが「きみたちの代の部長は光希かな」などと口にした。うちの学年の部員は五人、光希はその中では知識もやる気も断トツで、そう言いたくなるのも不思議じゃなかった。

――まぁ、長《おさ》って器じゃないんですけど。来年選んでもらえるようにがんばります！

照れた顔をしながらも、光希は本当に嬉しそうだった。光希が部長だったら楽しいだろうなと、私も素直に思った。そんな未来が来るだろうと、なんの疑いもなく信じてた。

あのとき考えていたような未来は二度と来ないんだと、唐突に喪失感がわき上がった。

そんな記憶すら、すっかり忘れていたというのに。

「……そっか。次期部長だから、幽霊部員にも声をかけなきゃって感じ？」

「べ、別にそういうつもりじゃ――」

「花、しっかりしてるし部長も似合いそう。中学時代も、よくクラス委員やらされてたって、言ってたもんね」

花の表情が曇る。あまり本人が話そうとしなかったので突っ込んでは訊いていないが、中学時代に色々あったとぼんやり話は聞いていた。

なのに、私はわざと「中学時代」と口にした。

……こんなことを言いたいわけじゃない。

花にこんなことを言うのは、八つ当たりでしかない。

そうはわかっていても、言葉は止められなかった。

「花ならきっと、光希の代わりにうまくやれるよ」

昇降口から外に出ると空はどんより灰色で、纏わりつく空気は湿気を含んで重たかった。いっそのこと、大雨だったらずぶ濡れになれてよかったのに。

数歩前に出たものの、これ以上歩きたくなくなって立ち止まった。

目を赤くし、今にも泣きだしそうな顔になった花の姿が脳裏に蘇る。

……最低だ。

花は私のことを心配して声をかけてくれた。《ヴァイオレット・アイ》に近づきたくなんかなかったかもしれないのに。勇気を出して声をかけてくれたのかもしれないのに。

光希の代わり、なんて、絶対に口にすべきじゃなかった。

立ち尽くしていると、下校する生徒たちが私を迂回するように追い抜いていく。私は脇に避け、そばの花壇の縁石に腰かけた。

家にも帰りたくない。かといって、時間を潰せるような場所もない。カフェやファストフード店に入ったって、好奇の目でじろじろ見られて周囲に空席ができるのが関の山。

なんかもう、どこにもいたくない。

そして、もう何度もくり返し考えたことで頭がいっぱいになってしまう。

……なんで、光希だったんだろう。

光希だったら、きっと私みたいにはぐちゃぐちゃ悩まない。

花を傷つけるようなことはしない。

うまく気持ちを前に向けられるんじゃないのだろうか。

なのにここにいるのは、何もかもうまくできない私だ。

どうしていなくなったのは、私じゃなかったんだろう。

いっそのこと、声を上げて泣きだしてしまいたかった。けど、そんなことをしても意味はない。どうせ光希は帰ってこない。白い目で見られておしまい。どうにもならない。どこにも行けない——

そのときふと、昇降口から出てきた男子生徒が目に留まった。最寄り駅に近い正門ではなく、裏門の方へと歩いていく。

ゆっくりと腰を浮かせた。そして、その男子生徒を——鷲宮を追いかけた。

アナザーサイド① ある女子生徒の嘘

生まれて初めて、親しくしていた誰かが亡くなった。

久保山《くぼやま》花は五人家族。両親も中学生の弟妹も、元気で病気などまったくない。離れて暮らす祖父母は父方も母方も健在で、短期の入院こそあれど、命がどうこうといった状況にはなったことがなかった。花にとって、死というものはあまり身近なものではなく、映画や小説の中で見聞きする頻度が一番高い、ドラマチックな何かに近かった。

だというのに、身近な友だちが亡くなった。

自分と同じ十六歳で、細川《ほそかわ》光希が亡くなった。

昔読んだ何かの本で、人にとって最も平等なものは死だ、というような一節を読んだ。

遅かれ早かれ、死は必ず誰にでも訪れる。

人は誰しも、いつかは必ずデッドエンドを迎える。

知っていたはずのそんなことが、いざ現実で起こったら、まったく納得できなかった。

どうして、光希が死んだんだろう。

どうして、光希は《ヴァイオレット・アイ》になったんだろう。

一年前の四月、入学式の日。花は緊張で身体を硬くし、クラスメイトたちの輪を見つめていた。初対面のよそよそしい空気の中でも、自己紹介したり談笑したりできるクラスメイトたちが、みんな自分よりも人生の上級者って感じがする。

高校こそはと思っていた。今度こそうまくやらなきゃ、と。

なのに結局、自分はうまくできない。誰にも話しかけられない。学年と制服が変わっただけ、自分自身はなんにも変わっていない。

そんな自己嫌悪とともに、一人席に座っていたときだった。

毛先の揃ったボブヘアの少女が、ひょこっと花の顔を覗き込んで話しかけてきた。

「あたし、細川光希。出身は都賀《つが》の台中《だいちゅう》」

いきなりの自己紹介にとんでもなく動揺し、でも同じくらい嬉しくもあった。花は平静を装ってそれに返した。出だしが肝心。がっつきすぎてはいけない。

「久保山花です。出身は、蘇我中央中《そがちゅうおう》で……」

「あ、じゃあ家は海の近く？　いいなぁ」

花の家は、確かに千葉港《ちばこう》が近い。とはいえ、南国のような澄んだ青い海でもなんでもない工業地帯の海。羨ましがられたのは初めてだ。そもそも、豊砂高校は市立《いちりつ》なので、普通科には千葉市在住の生徒しかいない。千葉港なんて羨ましがるようなものではないのでは。

　花のそんな疑問には気がつかない様子で、光希は言葉を続けた。

「でも、標高だけは勝ってるよ。あたしんち、二十五メートルあるから」

　あとから調べてみたところ、花の自宅のある蘇我は標高三メートルぽっちだった。埋め立て地である臨海部のそばで土地が平坦なことはわかっていたが、数字として意識したことはなかった。光希と花が見ている景色は違いそうだ、と思ったのを覚えている。

　とにもかくにも、光希がそんなふうに話しかけてくれたおかげで、光希の中学時代からの友だちである咲織とも親しくなれ、花の高校生活は順調にスタートした。

　中学時代、真面目すぎて融通が利かない性格が禍《わざわい》し、花はクラスで外され、そのまま中学を卒業した。メッセンジャーアプリのグループから外されたり、卒業旅行に誘われなかったり。されたことといえばそれくらいで、〝いじめ〟だなんだと騒ぐつもりはなかった。大人がそれをどう呼ぶかは知らないけど。

　そんな中学生活を終え、ようやく迎えた高校生活。だから花は、なんとしてでも人間関係をリセットして、うまくやりたかった。

　そんな花にとって、光希も咲織も救世主みたいな、いい友だちだった。好きなことに一直線でマイペースな光希、何かと几帳面で意外と熱血漢な咲織、そして不器用で真面目な花。バランスの取れた、いい三人組だと思ってた。

――なのに。

高校入学から三ヶ月、文化祭が終わり、振替休日のあとの登校日のこと。祭りの余韻を残すような、どこか浮ついた空気のなか、光希が現れるなり教室がどよめいた。

光希の左の瞳が、澄んだ紫に変わっていたから。

「おはよう」

いつもどおりに挨拶され、花は反射的に返した。

「おはよう……」

それ、カラコン？　何かのコスプレ？

訊きたいことはあるのに、花の唇は中途半端に開いただけで、言葉が出てこない。

文化祭はもう終わっている。光希がコスプレなんてしてくる必要がないことくらい、花にも、クラスのみんなにもわかっていた。

何も言えない花に、光希は苦笑して応えた。

「やっぱあたしの目、変かな？」

花は、ＹＥＳともＮＯとも答えられなかった。

「まだ病院に行ってないんだけど……《ヴァイオレット・アイ》なのかなぁ」

ポツリと光希は呟いて、「いやぁ、参った」と何かをごまかすように笑った。

そのときも、そのあとも、花には何もできなかった。

花にできることなんか、結局、最期まで一つもなかった。

夏休みが明け、二学期の最初の頃こそ光希は普通に登校していたものの、徐々に出席日が減り、年が明けてからは完全に休学となった。クラスで見舞いの品を贈ろうとか色んな話はあったが、結局どれも実現しなかった。

年末に光希と咲織が口論し、咲織が頑なに見舞いを拒んだので、花は一月の初旬に一度、一人で光希の家を訪れた。

「わー、花、久しぶり。ありがとう」

迎えてくれた光希は、もこもこのフリースに身を包んでいた。思っていたよりはずっと元気そうで、束の間ホッとすらした。

けど、フリースから覗いた手の甲が、その首が、痩せて細くなり、おまけに紫斑だらけであることに気がついて息を呑んだ。

「紫斑《これ》、なんか気持ち悪いよね。ごめんね」

そのあと一時間くらいおしゃべりをしたけど、会話の内容はほとんど覚えていない。記憶に残ったのは、光希の額や耳の下にも広がった、シミのような紫斑の色ばかり。

これからどんどん症状が進行し、やがて死を迎える友にどう接したらいいのか。それがわからず見舞いの足も遠退き、たまにメッセージを送るだけとなった。そして光希からの返信が来ないまま五日が経った三月のある日、訃報が届いた。光希に最後に会ってから、二ヶ月も経っていなかった。

その葬儀で光希の遺影を見たとき、花はなんだかハッとした。

光希ってそうだ、こんな顔だった、と。

遺影の笑顔には見覚えがあり、去年の五月、地理研の高尾山でのフィールドワークのときのものだとすぐにわかった。頬はふっくらしていて、顔や身体のどこにも紫斑はない。ご家族の意向で、棺の窓は閉められたまま、光希と対面することは叶わなかった。葬儀が終わって去っていく霊柩車《れいきゅうしゃ》を見送り、花は止めどなく後悔した。メッセージだけじゃなく、もっと会いに行けばよかった。もっと光希と話したかった。

そんな後悔が膨らんでいっぱいになって。

花は、家から出られなくなった。

葬儀でこれっぽっちも涙を流さなかった咲織とは反対に、花の涙は止まらなかった。葬儀が終わっても、家に帰っても止まらなかった。止まったとしても、ふとした瞬間に再び溢れて頬を濡らす。出会って一年にも満たない友だちでしかない。こんなふうに自分が壊れたように泣くのはおかしいと頭では考えたけど、それでも花は泣き暮らした。この時期のことは、記憶が曖昧で今もあまりよく覚えていない。

そして、光希の葬儀から一週間後。母の知り合いの娘さんでカウンセラーだという、三十代半ばくらいの女性が花の部屋を訪れた。

その女性は毎日花の部屋に通い、辛抱強く話を聞いた。泣けるのはいいことだと言ってくれ、花は葬儀でまったく泣かなかった咲織のことを思って心配になった。光希の見舞いに行くかどうかで揉め、咲織とはギクシャクしたまま。葬儀でも話せずじまいだった。

昔からの友だちをなくした咲織は、今、どうしているのだろう。

不思議なもので、咲織の心配をするようになり、花の心は少しずつ整理されていった。くよくよしたって光希は帰ってこない。自分によくしてくれた光希のことを、忘れないように生きていきたい。綺麗事かもしれないけど、カウンセラーの助けもあって花はそんなふうに考えられるようになり、前を向こうと決めた。

そうして、春休みの終了とともに引きこもりをやめ、新学期を迎えた。また同じクラスになった咲織とも関係を修復できるよう、意識して挨拶をしたりもした。

——だというのに。

そうやって整理した気持ちなんて、ひと月も保《も》たずにバラバラになった。

咲織まで、《ヴァイオレット・アイ》に罹ってしまったから。

そして、このとき花を支配したのは、咲織の心配よりも恐怖だった。

光希一人だったら、稀《まれ》な病気に運悪く罹ってしまったんだと割りきることができた。

でも、それが二人となったら?

二人と仲よくしていた自分も、《ヴァイオレット・アイ》に罹るんじゃないの……？


六月のある日、花はクラスの女子からこんな話を教えられた。

「紀田さん、カジセンに何度も呼び出されてるらしいよ」

咲織が《ヴァイオレット・アイ》になって一ヶ月。

光希のときは、その開けっぴろげな性格もあって、《ヴァイオレット・アイ》であることは本人の口からも語られ、確定情報として瞬く間に広まった。

けど、咲織は何も語らない。事情を知るはずの教師たちもまた、沈黙を貫いている。

数年前、ある高校で《ヴァイオレット・アイ》の生徒が自殺してしまうという、痛ましい事件があった。その生徒はカラーコンタクトで瞳の色を隠していたのだが、担任教師が病のことをほかの生徒に勝手に話してしまったのだ。その事件以来、学校側の《ヴァイオレット・アイ》の扱いは、歯痒いほどに慎重になった。

こんな事情もあり、咲織の《ヴァイオレット・アイ》が一体どんな状況なのか、周囲には常に不安と好奇心の入り交じったような空気が流れている。梶山先生に呼び出されているというのも、今後の――これからさらに症状が進んだ場合にどうするかといったような、相談でもしているのではないかと噂になっている。

……自分に、できることはないんだろうか。

そんな考えを、花はすぐさま打ち消す。部活を口実に、咲織に声をかけて失敗したばかり、今まさに落ち込んでいる最中だった。光希と同じくらい、咲織も大事な友だちだ。できることがあれば、もちろん力になりたかった。《ヴァイオレット・アイ》は怖いが、私はちゃんと友だちを気遣えるのだと、自分自身に証明したかったのかもしれない。

けど、やっぱり花はうまくやれなかった。

——花ならきっと、光希の代わりにうまくやれるよ。

余計なことを言って、咲織を怒らせただけ。

そんな咲織が最近、クラスメイトの鷲宮啓二と二人で話しているのを見かけた。鷲宮くんは今年初めて同じクラスになった男子で、年中授業をサボっており、教室で見かけることはほとんどないといった状態の問題児。

そんな鷲宮くんと話していると、咲織は余計に目立った。

咲織が梶山先生に呼び出されている、と花に教えたクラスの女子は、好奇心を隠そうともせずに尋ねてくる。

「紀田さんと鷲宮くんって、いい感じなのかな?」

いい感じ、という、わかりやすいようなそうでないような言い回しに、花は苦いものを感じながらも、「さぁ」となんでもない顔で答えた。

《ヴァイオレット・アイ》に罹患《りかん》している咲織に、いい感じだのなんだのと言っている余裕はないはずだ。そんなことも、この子には想像できないいんだろうか。

それとも、二人がそういう関係であることは、みんなには周知の事実だとか……？

自分の知らないところで物事が進んでいるような空気感にヒヤリとしたものを覚える。

中三の頃、クラスで外される前もこんな感じだった。少しずつ少しずつ、〝みんな〟の輪から外されて、話についていけなくなって、やがてなんにもわからなくなった。教室に居場所がなくなった。異分子になった。

あんな思いは、もうしたくない。

一人になるのは、もう嫌だ。

「久保山さん、紀田さんと仲いいんでしょう？　何か聞いてないの？」

畳みかけられるように訊かれ、花は咄嗟に「仲よくないから」と返した。

「今は、あんまり関わりないっていうか……」

へらっと笑って答える。いかにもおべっかを使うような笑み。

……あぁ、いやだ。

こんな自分、大嫌い。

1-2 あの子の写真

裏門から学校を出た鷲宮は、幕張新都心エリアを抜け、住宅街を進んでいった。

通学時に鷲宮と会ったり見かけたりしたのは、一度や二度じゃない。それはいずれも、高校の最寄りの海浜幕張駅の近くでだ。でも今いるエリアは、方向が真逆もいいところ。目当てのお店でもあるんだろうか。

一軒家が建ち並ぶ通りを鷲宮はふり返ることなく歩いていき、一つ先のブロックを左折した。こんなところまでついてきて、見失うのは面白くない。小走りでその曲がり角まで行き、そっと塀の向こうを覗いた。

「あれ？」

鷲宮がいない。

私も通りを曲がった。どこかの家にでも入った……？

少し進むと、周囲に建ち並ぶ一軒家よりもひと回り大きな建物があった。車を数台停められそうな駐車場と、二階建ての建物。門柱に、「地区センター」というプレートがある。

それと、どこからともなく漂ってくる、カレーの匂い……。

「おい」

　ふいに背後から声をかけられて飛び上がった。

　捜していたまさにその人、鷲宮。

「紀田さんって、やっぱおれのこと好きなわけ？」

「違うし。そんなわけないし！」

「じゃあ何？　尾行が趣味？」

　気をつけていたつもりだったのに、つけていたの、バレてたのか。

　むしゃくしゃした勢いであとをつけたとも言えず、もごもごと答える。

「……暇だったから、つい」

「マジで暇人だな」

「そうです、暇人です」

　自分からあとをつけたくせに、鷲宮とこんなふうに話をする気分でもなかった。いっそのこと罵ってくれたら、謝って退散するのに……。

「暇人ならちょうどいい」

　けど鷲宮は罵るどころか、私のスクールバッグを掴む。

「暇人はいくらいても問題ない。手伝え」

「え、何を？」

そのとき、地区センターの入口、ガラス扉にある貼り紙に気がついた。

『子ども食堂』


クリーム色のリノリウムの床、小さな穴がびっしりと並んだ防音壁。地区センターの一階奥のその会議室には、午後五時半を回ると次々と人が訪れた。

姉弟らしい、小学生くらいの女の子と男の子。

若い母親と幼稚園児くらいの女の子。

腰の曲がったおばあさん。

子ども食堂というくらいだし子どもばかりかと思っていたが、子どもは半分ほど、残りの利用者は老若男女問わずといった雰囲気だ。

私は借りたブルーのエプロンと三角巾を着け、大人の利用者さんからは三百円を頂き、空いている席に案内していった。

「待たせたな。今日のメニューはカレーだ」

少しして、隣の調理室から鷲宮が大鍋のカレーを運んできた。小学校低学年くらいの男子数人がパッと席を立ち、鷲宮の元に駆けていく。

「こらひっつくな、危ねーだろ。お前ら、ちゃんと手は洗ったのか？」

鷲宮の言葉に、男の子たちは「洗った」「見て見て」と手のひらを前に出す。随分懐かれているようだ。鷲宮は見慣れたクールな表情ではあるものの、その声には学校では聞いたことのないやわらかい響きがあった。

「……あの、」

つんつんと横からつつかれ、パッとふり返った。少し前に紹介してもらった、ここの食堂を運営している団体の代表、鳩山《はとやま》さん。四十代半ばくらいの、スラッとしていてショートヘアがよく似合う、見るからにエネルギッシュな雰囲気の女性だ。私が今着けているエプロンと三角巾も、鳩山さんから借りたもの。

「あ、何かやることありますか？」

「それもあるんだけど、ちょっと訊きたくて」

胸が鈍く痛んだ。《ヴァイオレット・アイ》のことだろうか。

鷲宮が紹介した私を見ても、スタッフさんたちは何も言わず、あくまで普通に接してくれていた。他人の事情には土足で踏み込まない、そんな空気が徹底しているように感じられた。

とはいえ、気になるものは気になるだろうし。いっそのこと、不謹慎メイクなんですと言ってしまいたい気持ちになってくる。

私がどう答えようか迷っていると、鳩山さんはカレーをお皿によそっている鷲宮をチラと見て、口元に手を当てた。

「咲織ちゃんって、啓二くんの彼女？」

啓二くん、というのが鷲宮のことだと理解するのに数秒を要し、「違いますよ！」とすぐさま否定した。

「ただのクラスメイトです！」

「えー、そうなの？　残念だなぁ」

残念と言うわりに、鳩山さんの表情は明るい。

「啓二くんがここに誰か連れてくるの、初めてだったから。期待したのになー」

「それはなんというか……暇人だったので」

連れてこられたのではなく、勝手についてきたとは言いにくい。

「鷲宮は、その……ここの手伝い、よくしてるんですか？」

子どもたちも懐いているし、鳩山さんたちスタッフにも違和感なく交ざり、指示を仰ぐことなく食事の支度を手伝っていた。学校での授業をサボってだらだらしてばかりの姿からは想像もできない、感心な働きっぷりだ。

鷲宮にこんな一面があるなんて、思ってもみなかった。

「そうだね。この一年くらい、手伝う側に回ってくれてる感じかな」

鷲宮は小学生の頃、この食堂のお世話になっていた時期があるらしい。小学校卒業と同時に引っ越し、その後は来ることがなくなったが、高校に進学してこの街に戻ってきて以来、たまに手伝いに来ているのだそう。

「『暇潰し』とか言って、いつも顔出してくれるんだよね」

鷲宮のそんな姿はすぐに想像できた。

「啓二くんみたいな若い子も手伝ってくれると、本当に助かるよ」

そのあと、私も配膳を手伝った。テーブルを拭いて、食器を運んで、食べ終わった食器を集めて洗いものをする。慣れない仕事で必死に手を動かしているうちに、心はいつしか凪《な》いでいた。やることがあるって、大事なのかもしれない。

そうして利用者さんへの配膳がひととおり済んだ頃、鳩山さんに「咲織ちゃんも食べてく？」と声をかけられた。おいしそうなカレーの匂いの中で働いていた私も、すっかり空腹だ。きっちり三百円払い、会議室のすみの方で一人いただきますをする。

大鍋で作られたカレーには、ゴロゴロと野菜が入っていた。ジャガイモは輪郭をなくしてホロホロになっている。子ども向けだからか味はだいぶマイルドで、小学校の給食のカレーを思い出した。

ひと口食べるごとに、血が巡って体温が上がる。身体が芯から温まって、自分が生きていることを実感する。ふいに込み上げかけたものがあって、グラスの水で呑み込んだ。カレーはとってもおいしかった。

カレーを平らげ、一服したところで席を立つ。食器洗いを手伝おうと、近くにあった盆に皿を載せていたら、「はい！」という声がした。

幼稚園児くらいの女の子が、こちらに両手でお皿を差し出してくれている。

「ありがとう。……カレー、おいしかった？」

弟妹もいないし、小さな子どもと接するのにはあまり慣れていない。ドキドキしながら訊くと、女の子はニコッと笑った。

「おいしかった！　――ねぇ、おねーさんさ」

そして女の子は、まっすぐに私の顔を、目を見つめる。

「その目、すっごく綺麗ね。宝石みたい」

左右どちらの目のことか、訊くまでもなかった。

反応に困っていると、女の子の母親らしき二十代くらいの女性が慌てて駆けてきた。

「ごめんなさい」と謝って女の子の手を取る。

「なんでごめんなの？　綺麗なのに」

「なんでとかじゃないの！　あれは――」

けど、母親はそこで言葉を呑んでしまう。

微妙な空気が流れかけた、そのとき。

「綺麗な色だよな」

ポン、と女の子の頭に大きな手が載っかった。

鷲宮。

母親は鷲宮と私にペコリと頭を下げ、女の子の手を引いて去っていった。女の子が会議室を出るまで手をふっていたので、私も手をふり返す。

あの子が中学生になるまでに、《ヴァイオレット・アイ》の治療薬ができていたらいいなと思った。私みたいな思いをする子は、いない方がいい。

鷲宮は私が運ぼうと思っていた盆を手にし、調理室の方へさっさと行こうとする。それを追いかけ、「あの!」と声をかけた。

「さっき、その」

「何?」

ごめんと謝るのも、ありがとうと礼を言うのも、どちらもしっくり来ない。

「……なんでもない」

「あっそ。あっちのテーブル拭いといて」

「わかった」

こういうときに深追いしてこないのは、いつもの鷲宮って感じで助かった。

鷲宮と一緒に地区センターを出たのは、午後九時少し前だった。片づけはまだ残っているようだったけど、高校生をこれ以上は働かせられないと、先に帰るように言われたのだ。

鳩山さんは私の目をまっすぐに見て、「何かあったらいつでも来てね」と名刺をくれた。

その善意に罪悪感で胸をいっぱいにし、本当のことはついぞ言えないまま頭を下げる。

「ほら、行くぞ」

鷺宮が先に歩きだし、私は鳩山さんにもう一度挨拶して鷺宮を追いかけた。

ここからならJR幕張駅が近いというので、鷺宮が送ってくれることになった。地図アプリがあれば帰れると主張したけど、「暗いし危ないだろ」と当然のように言われた。

「それに、一人で歩いてたら通行人にビビられるだろ」

紫の瞳が目立つと言いたいらしい。こんなものにビビるかと思った反面、そういう人もいるかもしれないと思い直した。また空き缶を投げつけられるのも怖い。

小さな子どもたちとは楽しそうにしていた鷺宮だけど、私と二人になるといつもどおり言葉少なだった。あいかわらず何を考えているのかわからないけど、悪い奴ではないんだなぁと改めて知った。知ったところで、だからどうしたという話でもあるけど。

コンビニや学習塾などの入ったビルが目につくようになり、幕張駅に到着した。

「鷺宮はここからどうやって帰るの？」

鷺宮は幕張駅の隣、幕張本郷《まくはりほんごう》駅に行き、そこからバスで海浜幕張駅に戻ると言った。

「鷺宮の家って、京葉《けいよう》線沿線なの？」

だとしたら、だいぶ遠回りさせてしまったかもしれない。ちょっと申し訳なく思っていたら、なんでもない顔で「京葉線沿線っちゃそうだけど」と答えた。

「うち、海浜幕張にあるから」

「そうなの？　学校の近くに住んでるってこと？」

朝に海浜幕張駅の近くで見かけるのは、単純にその近くに住んでいるからなのか。

鷺宮に倣い、それ以上は訊かずにおいた。

階段を上って駅舎に入る。私は下り方面、鷺宮は上り方面でホームが別だった。それじゃあ、と別れようとすると、思いがけず鷺宮に引き留められる。

「ちょっと待て。いいもんやるから」

鷺宮は、ノートも教科書も入っていなそうな薄っぺらいスクールバッグを掻き回す。手伝ったお礼に飴でもくれるのかと待っていると、差し出されたのは角が折れた白い封筒。

「やる。今日の礼。《ヴァイオレット・アイ》なら、それ、興味あるだろ」

封筒の中身を取り出した。折り畳まれたチラシを広げると、『逢坂透《おうさかとおる》　個展』という文字。チラシは全体的に明るい紫の模様でまとまっていて——なんというか、《ヴァイオレット・アイ》の瞳の色を連想させられた。

「誰？」

「訊く前に自分で調べろよ」

あいかわらず鷲宮は親切じゃない。スマホで『逢坂透』をＤｏｏｄｌｅ検索した。

──これって。

私の反応を見て、鷲宮は愉快そうに口角を上げる。

「興味、あるだろ？」

検索結果として表示されたのは、たくさんの写真だった。

満面の笑みで笑う少女。

何かと対峙するように、まっすぐに立っている少年。

緊張した面持ちの、セーラー服姿の少女。

サッカーのユニフォームを着た少年……。

色んな構図の写真があった。男女も様々。けど、その被写体はどれも中高生と思しき十代の少年少女たちで、かつ左の瞳が澄んだ紫だった。

逢坂透のプロフィールも出てきた。写真家で、約四年前から、《ヴァイオレット・アイ》の患者を被写体とした写真を撮り続けているのだという。

私は無言で検索結果をスクロールし続けた。逢坂透はモデルの許可を取り、撮影した写真を積極的にＳＮＳに上げているらしい。おかげで、検索結果にはずらりと写真が並ぶ。

《ヴァイオレット・アイ》の患者って、こんなにいるんだ。

すぅっと血の気が引いていくような思いがした。

この写真に写っている少年少女たちのどれだけが、まだこの世にいるんだろう。

左目の色が変わるという初期症状が出たあと、《ヴァイオレット・アイ》の患者が亡くなるまでは平均して八ヶ月から十ヶ月、一年も保たないと言われている。

スマホを持つ手が震えた。それでも、スクロールをやめられずにいたそのとき。

手を止めた。

ふと目に留まったその画像を選択し、拡大表示する。

その写真は加工されているのか、全体が紫の光に包まれたようになっていた。その光の中心に、今し方くるりと回ったばかりのようにワンピースの裾を翻した少女が立っている。

画像の解像度が低く、顔がよく見えない。

でも……でも、これは。

光希？

「その個展、来週から一週間だってさ。興味あるなら行けよ。じゃあ――」

立ち去ろうとする鷲宮のスクールバッグを咄嗟に掴んだ。

「……なんだよ」

「興味、ある。すっごいある、けど。お願い、一緒に来て」

「は？　一人で行けよ」

「一人で見られるかわかんない。お願い」

声が震え、懇願するように響く。自分でもみっともないし情けないとわかっていた。でも、こんなのどうしようもない。

鷲宮はそんな私をまじまじと見て、それからスクールバッグを掴んだ私の手に触れた。

初めて触れた鷲宮の手はギョッとするくらい体温が低く、驚いて顔を上げた次の瞬間には、私の手をスクールバッグから剥がして離れた。

「……めんどくせーな」

鷲宮は行くとも行かないとも答えず、自分のスマホを取り出す。

「連絡先教えろ」

そうしてメッセンジャーアプリのＩＤを交換したあと、鷲宮は今度こそ「じゃーな」と去っていった。

◆◆◆

装飾係とは名ばかりだし、このまま準備には一切参加せず、文化祭本番を迎えるものだとばかり思っていた——のは、甘かった。

「紀田さん、今日、ちょっとだけ残れないかな？」

その日、放課後になるなり文化祭実行委員の川原《かわはら》さんに声をかけられ、断りきれないまま教室に残らされることになった。

教室のすみには、少し前から装飾に使う鳥居やのぼりなどがごちゃまぜになって置かれている。うちのクラスの出しものはコスプレ喫茶で、コンセプトはいつの間にか「和」に決まっていた。店員役の生徒は巫女《みこ》や神主、陰陽師《おんみょうじ》や平安貴族などに扮するらしい。

私の一つ前の席に着き、下ろした長い髪を片手で押さえつつ、川原さんは現在のクラスの進捗を簡単に説明した。そして、「仮作成だけど」と当日のシフト表を差し出す。

「紀田さんには、当日の呼び込みを手伝ってもらえたら嬉しい」

シフト表を見ると、呼び込みの係には鷲宮の名前もあった。

「それ、やらないとダメ？」

「クラスの一員ならやってほしい」

川原さんとのあいだに、微妙な沈黙が落ちる。

黒縁メガネの奥のその目は、思いがけずまっすぐこちらを捉えていた。

「……川原さんって、熱心な人なんだね」

今年初めて同じクラスになった川原さんのことを、私はあまり知らなかった。気が塞いでいた四月から私は周囲と壁を作りがちで、五月には不謹慎メイクを始めたため、親交を深めるようなタイミングはなかった。

「鬱陶しい？」

「少し」

なんて正直に答えてしまったのは、鷲宮の影響かもしれない。「ごめん」とすぐに謝ると、「別にいいけど」と気にした様子もなく返ってくる。

「私だってこんなのキャラじゃないけど、一度任されたことはちゃんとやりたいから」

「そっか」

「でも、紀田さんにも参加を拒否する権利はあると思う。もし文化祭を休むつもりなら、紀田さんのシフトは当日どうにかする」

そして、川原さんは続けて口にした。

「紀田さんには、紀田さんの事情があるだろうし」

ふと、去年の今頃のことが脳裏を過った。

クラスのみんなとはしゃぎながら取り組んだ文化祭の準備。イベントごとにはいつだって全力だった光希に当てられ、私も毎日遅い時間まで残って作業し、当日は大成功。その後の打ち上げも楽しかった。これぞ青春って感じだった。

……あんなふうに、今年も楽しめていたら。川原さんとも、仲よくなれていただろうか。

「まぁ、私としては紀田さんにも参加してほしい気はするけどね。――じゃ、話は以上」

席を立った川原さんに、私は小さく頭を下げた。

「色々、ありがとう」

川原さんは意外なものでも見るようにわずかに目を見開き、それから「あ、そうだ」と何かを思い出した顔になった。

「クラスTシャツ、紀田さんの分はMサイズで注文しちゃったから。参加してもしなくてもいいけど、そっちのお金はちゃんと集金するからね」

「拒否する権利は？」

「ありません」

私が肩をすくめると、川原さんは笑って去っていき、衣装の調整をしているグループに声をかけて輪に交ざる。

そんな様子を眺めてから、私はシフト表をスクールバッグにしまって教室を出た。


文化祭まであと一週間。

祭りを控えた放課後の空気は、どこも浮き足立っている。教室だけでなく廊下でも段ボール箱やベニヤ板を広げて作業している生徒たちがおり、歩くだけでも苦労する。生徒たちの話し声だけでなく、吹奏楽部の合奏の音や、軽音部のエレキ楽器の音も混ざり、どこもかしこも音で溢れていた。

文化祭の日は、サボってしまおうかと前々から思っていた。準備には参加していないし、思い入れもない。参加しない理由はあれど、参加する理由は一つもなかった。お祭り気分にはなれない。私なんていない方が、クラスにとってもいいだろうと思う。

それでも、「参加してほしい」と言ってくれるクラスメイトもいるのか。

川原さんみたいな人は少数派だろう。けど、そういう人が身近にいたことには、なんだか救われる思いがした。《ヴァイオレット・アイ》になった光希をあからさまに避ける態度を取った人は少なくなかった。そのことに私は何度も憤ったし、悔しい思いもした。

でも、そうじゃない人もきっといた。光希にもきっと、誰かに救われるような瞬間があった。そうであったと願いたい。

人を避けるように廊下を進んだおかげで、昇降口に辿り着くまで時間がかかった。今日はさっさと帰って、明日に備えたい。

明日——写真家の逢坂透の個展に。

連絡先を交換し、鷺宮とは一応待ち合わせの場所と時間を決めた。けど、どうにも不安だ。本当に来てくれるのか確認したかったけど、今日、鷺宮は学校に来ていなかった。ならメッセージを送っておくかと思うも、しつこくして嫌がられたら元も子もない。

約束したのが鷺宮じゃなければ、こんなにじりじりしないのに。とは思えど、今の私に、ほかについてきてくれそうな人はいない。なら一人で行けという話ではあるけど、それは不安の方が上回った。

あのあと、逢坂透のSNSを色々見て、ネット上で確認できる写真は目を皿のようにしてチェックした。光希のものと思しき写真は、一枚しか見つけられなかった。そもそもそれは、光希じゃないかもしれない。わからない。

個展では、写真だけでなく、写真のモデルとなった少年少女たちのコメントと、預かっている思い出の品も展示しているとのことだった。光希の写真がもしあるなら、何がなんでも見たい。光希がいつ、どういうつもりで逢坂透に会ったのか、話を聞きたい。

それで……それで。

私は光希のことを、少しは理解できるだろうか。

明日のことを考えると、今から緊張で心臓が音を立てる。二年一組の下駄箱に到着し、今日は使われなかった鷲宮の上履きを見つめ、自分のローファーを手にしたところ。

「――あの、」

ふいに声をかけられ、ふり返った。

銀縁メガネにひょろっとした長身という、知らない男子生徒が立っている。上履きの色から、二年生だとわかった。いかにも文化部っぽい、よく言えば控えめ、言葉を選ばなければ地味。シャツのアイロンがよくかかっているのか、襟がいやにパリッとして見える。

別の誰かを呼んだのかと思ったけど、その男子はさらに一歩近づいてきて「突然、すみません」と頭を下げた。髪はさっぱりと短く、後頭部のつむじが見える。

「おれ、三組の原諒《はらりょう》って言います」

「はぁ」

原くんは、緊張しているのか身体を強ばらせていて、その顔も少し赤い。

「その……、き、紀田さんに、話があって」

もし少女漫画の世界で「話がある」などと突然言われたら、告白か何かかしらと思っただろう。

けど、私は一応《ヴァイオレット・アイ》ということになっているし、ガチガチに緊張している原くんからは、そんな甘い空気はもちろんなく。

原くんは大きく深呼吸すると、まくし立てるように話しだした。

「おれの父親、医療ジャーナリストなんだ。病院とか、最新の治療薬とか、そういうのの取材をして、記事にしてて。医療系の専門誌で記事を書くのがメインなんだけど、ウェブに載っているような記事も書いてる。それでその、ここ数年、父が力を入れて取材しているのが、《ヴァイオレット・アイ》関連のことで」

突然父親の紹介が始まってどうしようかと思ったが、《ヴァイオレット・アイ》という単語が出てきて一気に警戒心が高まる。

「最新の治療をしてる病院とか、治療薬の開発状況とかそういうの、もし知りたければその、紀田さんの力になれる……と、思うんだけど」

一気にそこまでしゃべり、原くんは語尾をすぼめるようにして話を終えた。

……なんなんだろう。

親切心、なんだろうか。突然空き缶を投げつけられるのも困るけど、こういうことを言われるのも同じくらい困るものなのだとわかった。

見たところ、原くんは悪い人ではなさそうだ。

でも、急にこんな申し出をしてくるとか、何か意図がある？

反応できずにいると、原くんは慌てたようにつけ加える。

「おれ、啓二の幼なじみなんだ。鷺宮啓二。紀田さん、その……最近、啓二とよく話してるから。仲いいのかと、思って」

会えば鷺宮と話してはいた。けどそれ、もしかして、噂になるような目立ち方をしてたってこと……？

本人が言うように、鷺宮の見てくれはいい。女子にもそれなりに人気があるらしい。でもあまり教室にいないし、なんだか近寄りがたい雰囲気もあって……そうか、そんな鷺宮と話していたら、確かに目立っていたのかも。

このところ色恋と縁がなさすぎて、まったく意識していなかった。

「あの、別に、鷺宮とはなんでもないので」

幼なじみだという原くんにまでそんなふうに思われているとか、なんというか……。

「でも――」

「なので、お気遣いなく」

私はそそくさとローファーに履き替え、原くんに背を向けて昇降口を出た。

あんな鷲宮にも、友だちっぽい人がいるんだなぁと感心した。それから、今の対応はよくなかったのではと少し後悔した。

私は不謹慎メイクでしかないし、光希亡き今、《ヴァイオレット・アイ》の情報をもらったところで意味がない。原くんの手を借りる必要はない。

だからといってあんなふうに逃げるのは、不自然だったかも。

原くんから鷲宮にどんなふうに話が伝わるんだろうと考え、憂鬱になった。

◆◆◆

逢坂透の個展の会場は東京都中央区の銀座《ぎんざ》で、鷲宮とは銀座三越《みつこし》のライオン像の前で待ち合わせることになった。同じ市内に住んでいるんだから、近くの駅で待ち合わせるのだろうと思ったのに、メッセージで《現地集合でいいだろ》とすげなく返された。

不謹慎メイクをして土日に人混みに出かけることはほとんどなかった。こんなふうに電車に乗って遠出するだけで、予想はしていたけど、身体がすくむような思いを何度もした。じろじろ見られたり、避けられたりするくらいならなんてことない。通りすがりに舌打ちをされたのも、ヒヤリとはしたけどまだいい。神がどうこうと書かれたビラを持った女の人に腕を掴まれたのは本当に怖くて、その手をふり解いて全力で逃げた。学校で少し嫌な思いをするのなんて、大したことじゃなかったんだとすら思った。

……光希も、こんな思いをしたのかな。

学校では、私が光希を守らなきゃと思っていた。でも、四六時中一緒にいられたわけじゃない。光希を守るなんてそんなこと、驕っていたにもほどがある。

休日の銀座は大通りが歩行者天国になっていた。薄い雲はあれど青空が覗くいい天気で、行き交う人は絶え間ない。家族連れやカップル、観光客も多くにぎやかだ。

そんな通りの片すみに立っている女子高生を気に留める人はほとんどいなかった。目を伏せるようにしてスマホを操作していれば、紫の瞳もあまり目立たない。

そうして、約束の午後一時三十分を、五分ほど過ぎた頃。

「よ」

七分丈とでもいうんだろうか。現れた鷲宮は、肘が隠れる長さの袖の、ライトブルーの襟つきシャツを着ていた。下は黒っぽいジーパンで、ボディバッグを斜めがけしている。

鷲宮の私服を見るのは、そういえば初めてだ。飾り気のないシンプルな格好だけど、その顔のよさのおかげで、おしゃれな着こなしに見えなくもない。

「何、見とれた？」

「いつもの鷲宮だと思って」

「紀田さんも、いつもの紀田さんって感じ」

私は控えめなレース飾りのついた紺色のチュニックと、膝丈のパンツを合わせていた。

「いつものって？」

「辛気臭い」

的確すぎる。

原くんは、昨日のことを鷲宮に話したんだろうか。気になったもののこちらからは訊けず、鷲宮からその話題を出すこともなかった。鷲宮はスマホの地図アプリを開き、「こっち」とさっさと歩きだす。

碁盤目状の街はどこもかしこも人だらけで、ちょっと油断してよそ見をすると鷲宮に遅れそうになる。鷲宮は、いつだって私に歩調を合わせようとはしない。

そうしてなんとかついていっていたものの、正面からやって来た集団にぶつかりそうになり、避けたところで唐突に鷲宮を見失った。

周囲に視線をやるも、見知らぬ顔ばっかり。足を止めると、往来する人の波間に打ちつけられた杭みたいな気分になった。きょろきょろと見渡すとそれだけで目立ち、人々は私の左目の色に気がつく。こんなに混雑しているのに、自分の周囲にさぁっと空間ができるのを感じた。

鷺宮の連絡先はわかってる。電話でもメッセージでもすればいい。なのに少しでも動いたらまた視線を集めてしまいそうで、身体が固まってしまい目だけを動かした。

遠くで変わる信号、ビルの看板、アスファルトの地面、歩道の縁石——

「何やってんの」

斜め後ろからトートバッグを引っぱられ、思いっきりビクついてから肩の力を抜いた。

鷺宮が、クールな表情に呆れのような色を滲《にじ》ませている。

「……迷子になった」

心臓がバクバクと鳴り、額に変な汗が浮かびかけていて手の甲で拭った。

「地図ばっか見てんのに、方向音痴なのかよ」

「なんで、そんなこと知ってんの？」

「見てりゃわかるだろ」

そういうものなんだろうか。

なんだか頭の動きが鈍くなっていて、うまく切り返せない。

「えっと……とりあえず、方向音痴ではない、と思う」

「どうでもいいし。捜すの面倒だから、これでも掴んでろよ」

鷺宮は自分のボディバッグの紐の部分を指し示した。私としても迷子になるのはもう嫌なので、素直に紐を握っておく。

「緊張してんの？」

「かも」

「……めんどくせーな」

そう呟いて、鷲宮は歩きだした。心なしか、さっきよりもその歩調は緩かった。


大通りを逸れて細い路地を進むこと五分ほど、辿り着いたのは年季の入った雑居ビルだった。ギャラリーは二階で、鷲宮がくれたのと同じビラがセロハンテープで貼りつけてある。階段の前には『入場無料　誰でもお気軽にどうぞ』という手書きの紙も貼ってあり、先に階段を一段上った鷲宮がふり返った。

「もう迷子にならんだろ。階段上りにくいから、手」

鷲宮のボディバッグの紐を握りしめたままだった。パッと離して鷲宮を見返すと、鼻で小さく笑われる。

「何？」

「緊張してんなら、手でも握ってやろうか？」

鷲宮は、その手をこちらに向けてヒラヒラとする。指が長くて大きな手。

「……別にいい」

私と変な噂になっても、鷲宮は気にしないんだろうなぁと思った。噂というもの、そのものに興味がなさそうだ。そんなことを考えてしまう私はきっと鷲宮とは違うわけで、なんだか悔しくなったおかげか緊張は少し和らいだ。

雑居ビルの階段は幅が狭くて段差が大きく、手すりに掴まって鷲宮のあとに続く。

そうして二階に到着し、通路の一番奥にあるギャラリーに到着した。

ギャラリーという場所に来るのは初めてで、勝手に小さな美術館みたいな感じかと想像していた。けど、そこまで格式ばった雰囲気はなかった。学校の教室をひと回り小さくしたくらいの、窓のないスペース。その壁と、設置された数枚のパーティションに写真が展示されている。それぞれの写真の下には台があり、説明が書かれたパネルとモデルの思い出の品らしきものが置かれていた。

写真家の逢坂透はSNS上ではかなりのフォロワーがおり、個展は大人気なのかと予想していた。けど、中にいるのは十人ほど。

「こんにちは」

入口で立ち尽くしていたら、二十代くらいの男性がふいに声をかけてきた。ネット上で何度も写真を見ていたから、すぐに逢坂透本人だとわかる。写真では真面目な表情をしているものが多く気難しそうだったが、実物はずっと人懐こそうな印象だ。二十一歳、都内の大学に通う現役大学生。

そして、逢坂さんの方も私の顔を——左目を見るなりハッとしたような表情をし、だがすぐにその相好を崩した。

「来てくれてありがとう」

何も訊かずに促され、私と鷲宮は揃って会釈してから中に踏み入った。

「なんか、もっと混んでるかと思ってました」

いきなりそんなことを口にする鷲宮をはっ倒したくなったが、逢坂さんは嫌な顔もせず応える。

「個展、メタバース上でも同時開催してるんだ。動画とかも公開してるから、若い人はそっちの方に行ってるのかも」

「動画？」

光希の動画もある……？

たちまち落ち着かなくなった私を不思議そうに見て、逢坂さんは「そっちもよかったら見てみて」と言った。

「せっかく来てくれたんだし、まずはこちらの展示をどうぞ」

今すぐ中を駆け回って光希の写真を探したいくらいだったけど、私は鷲宮と並んで順路どおりに写真を見ていった。

展示されている写真の数は膨大だった。一枚一枚のあいだに間隔こそあれど、壁を埋め尽くすような枚数で圧倒される。モデル一人につき、写真は数枚ずつのようだ。

逢坂透のことを事前に検索していたので、その写真も数多く目にしていた。でも、スマホの小さな画面で見るのと大きくプリントアウトされたそれは、印象が全然違う。

最初に目についたのは、セーラー服姿の中学生の女の子の写真。背景は植物園か何かなのか、鮮やかなグリーンだ。女の子は数輪のバラの花束を手にして笑っている。

写真の下に設置された台には、女の子のものらしい名前と短い文章のあるパネル、それから手作りらしい、押し花の栞があった。

「そこにある名前は、本人が希望したニックネームだよ」

少し離れたところに立っていた逢坂さんが補足してくれる。

パネルの女の子の名前は『さっち』。写真の日付は三年前。十五歳。

思い出の品の説明があった。

『最期に見た桜の花で、押し花を作りました』

その隣にある写真は男子高生だった。ふんぞり返るような姿勢で腕を組んで座っている。シンプルな黒の半袖Tシャツと短パンといった格好のおかげで、その手脚に広がった紫色のまだら模様が余計に目立った。

その男子高生の名前は『セミ』。写真の日付は二年前。十七歳。

『美術部所属。買ったばかりの筆を使う機会がないままになりそうだから、自分の身体をキャンバスにしてみた』

そんなコメントに気がついた。彼の手脚の紫のいくつかは、絵の具か何かで塗ったものらしく、それこそメイクのようなものだった。彼の思い出の品は絵筆。

たくさんの写真、パネル、そして遺された品々に、目眩《めまい》を起こしそうになる。

写真の中の誰も彼もが、ごくごく普通の、どこにでもいそうな少年少女だ。好きなものや趣味があって、将来の夢もあって、教室のすみでおしゃべりしているような、そんな普通の子どもたち。

なのにその左目は、例外なく澄んだ紫。

数が増えているとはいえ、まだ《ヴァイオレット・アイ》は滅多に発症することのない珍しい病気だと世間では認知されている。

でも、たとえ数が少なくとも。

患者となる少年少女は存在するのだ。

一人一人が私と変わりのないどこかの誰かで、自分がそんな病気になるなんて、微塵《みじん》も思っていなかった。

込み上げてくるものを堪えきれず、ハンカチを目元に当てた。チラと隣を見ると、鷲宮も見たことのない真剣な面持ちで写真と向き合っている。話しかけられるような空気ではなく、私は写真に目を戻した。

こうして無言のまま、私たちは写真を順番に見ていった。ちゃんと一枚ずつしっかりと見て、目に焼きつけないといけないと思った。かつては生きていたこの子たちを、ちゃんと覚えていたかった。

そんなふうにして、最初の壁を最後まで見たところ。少し先を見ていた鷲宮に、「おい」と声をかけられた。

「あれ」

鷲宮は、少し離れたところにあるパーティションを指差した。

心臓が大きく音を立てるのを感じつつ、そのパーティションに近づく。

そこには先ほどの壁と同じように、数人の少年少女たちの写真が貼ってあった。

その中に、ずっと会いたかった顔がある。

……鷲宮、光希の顔、知ってたんだ。

何も言わない鷲宮と並んで、その写真を見つめる。

「光希……」

光希は膝丈の、淡いブルーのワンピースを着ていた。スマホでこの写真を見たときはわからなかったけど、中三の頃、光希の家で見せてもらったことがあるワンピースだ。親戚の結婚式のために買った、お気に入りの一着だと話していた。

そんな光希は裸足で、足元には砂浜が広がっているようだ。四枚ある光希の写真はすべて加工されていて、淡い紫の光彩があちこちにあり、光のシャワーに包まれているよう。そのせいで背景などがはっきり見えず、全体的に輪郭も淡い。

モデルの希望があれば、写真の加工や調整もすると逢坂さんはサイトで書いていた。光希はどうしてこういう加工を選んだんだろうと、不思議に思ってから気がつく。

目を凝らして見ると、光希の手脚には大きな紫斑が広がっている。

「どうしても、そのワンピースを着たかったんだって」

いつの間にか、逢坂さんがそばに来ていた。

「さっき、名前を呼んでたけど。もしかして友だち？」

頷きかけて、ためらった。

――咲織には、あたしの気持ちなんてわかんないよ。

光希は私のことなんて、友だちだと思っていなかったかもしれない。

見舞いにも行かなかった。謝ることもしなかった。

あんなに大事だったのに、大事だって伝えることすらしなかった。

写真からそっと視線を下げる。

ほかの写真と同じように、光希の写真にもパネルと思い出の品が添えてあった。

……これって。

思わず手を伸ばす。

紐のついた、ビニールバッグのようなもの。

いくつかのストーンやシールは剥がれてなくなっている。でも、間違いない。

三人でお揃いで買った、あのマップケースだ。

みんなでデコレーションした、マップケース。

ケースの中には、高尾山のフィールドワークで使った地形図がそのまま入っていた。見覚えのある光希の字で、書き込みもある。

視界が揺らぎ、熱いものが一気に込み上げた。

涙で歪んだ視界の中、なんとか目蓋を開いてパネルの文字を読み取る。

名前は『みつき』。撮影の日付は今年の一月末。十六歳。

『大事な友だちとおそろい！』

コメントは、それだけだった。

スペースは余っているのに、たったのそれだけ。

……だけど。

これ以上に欲しい言葉もなかった。

ひぐっと声が漏れ、嗚咽《おえつ》が止まらなくなる。

ほかの来場者に何事かと見られている気もしたけど、もうどうしようもない。ハンカチで口元を押さえたけど堪えきれず、涙で溺れたようになって呼吸がうまくできない。

私はとうとう、その場に座り込んで身体を小さくした。
胸の内で、何度も何度もその名前を呼んだ。
光希、光希、光希、光希。
「ごめん……ごめん、ごめん……」
光希の気持ちを無視して勝手なことばかり言った。
色んなものが怖くて目を背けた。
本当に怖かったのは、光希だったはずなのに。
最期に会いに行くことすらしなかった。
なのに。
『大事な友だち』でいてもいいんだろうか。
私も、「大事だ」ってちゃんと伝えたかった。
光希に何度も何度も救われたのに。
光希のおかげで学校が楽しかったのに。
なんで言えなかったんだろう。
なんで伝えなかったんだろう。
私は最期の最期まで、光希の気持ちをわかってなかった。
「光希ぃ……」

むせび泣きながらその名を呼んだ直後。

誰かの腕が私の頭を抱え込むようにし、温かいものに押しつけられた。

鷲宮。

鷲宮の胸板にぐしゃぐしゃになった顔を押しつけられ、背中をさすられる。

往復する手の感触。

伝わってくる体温。

どちらのものともわからない、心臓の鼓動。

それらにいっそう胸が熱くなって、涙はしばらく止まらなかった。


ギャラリーの外、通路のすみにしゃがんで身体を小さくしていると、頭に冷たいものを押し当てられた。

前屈みになった鷲宮が、お茶のペットボトルを私の頭に載せている。

「それで目元冷やせ」

涙も出尽くし、かぴかぴになった目元に言われたとおりペットボトルを当てると、すっとして気持ちよかった。

泣きすぎて嗚咽はまだしゃっくりのように残っていたし、息苦しさもあったけど、深呼吸して顔を上げる。

「……ありがとう」

「まぁ、お茶をくれたのは逢坂さんだけどな」

見ると、鷲宮の後ろにその逢坂さんが立っていた。心配そうにこちらを見下ろしている。

「すみません。ご迷惑おかけして……」

「大事な友だちだったなら、見てもらえてよかったよ」

立ち上がろうとした私を制し、逢坂さんは片膝を立ててしゃがんだ。その手にはノートがあり、パラパラとページをめくる。鷲宮も私と逢坂さんのあいだにしゃがんだ。

「細川光希さん……あ、このページだ」

そのノートは、撮影時の記録をまとめたものらしかった。

依頼があった日付のほか、撮影した日付や場所、要望などが走り書きしてある。

「細川さんは、かなり症状が進行した状態で連絡をくれたんだよね。サイトのフォームから依頼があって、こちらから近くまで会いに行って、スタジオで撮った」

「あれ、でもあの写真、海辺で撮ったんじゃ……？」

光希の足元は砂浜に見えた。だからてっきり、海辺で撮影したものだとばかり思っていたのだ。

「海辺の景色がプリントされた背景を使ったんだ。真冬にワンピースで、しかも症状が進行した状態で海には連れていけないからね」

光希の手脚にはかなり広範囲に紫斑が広がっており、それを隠すためにフィルターを使ったり加工したりしたのだという。

『身体が動くうちにやりたいことをやっておこうと思って依頼をした』って言ってた。細川さん、よくしゃべる明るい子だったよ。あ、あと、標高がどうとか言ってた」

その様子がありありと想像でき、思わず笑ってしまう。初対面だろうがかまわず、好きなことを好きなように話すのが光希だ。

「撮影したときに、あのマップケースを受け取った。大事な友だちとお揃いの大事なものだから託したいって。もしかして……」

「私と、もう一人の友だちと、お揃いのものです」

「そうだったんだ」

逢坂さんは一つ頷いた。

「細川さん、その友だちと喧嘩したって言ってた」

「それは……全部、私が悪くて」

「『その子はきっと、自分が悪かったって言うと思うけど』とも言ってたかな」

思いがけない言葉に、また目頭が熱くなりかけた。

光希は私のことなんて、全部お見通しだったってことなんだろうか。

私は、なんにもわかってなかったのに。

光希が理解してくれていることすら、わかってなかったのに。

「こんなこと、勝手に話したら細川さんに怒られるかもしれないけど……細川さん、わざと友だちを怒らせたんだって」

「え？」

「その友だちが、自分の心配ばかりするのが、逆に心配だったって。だから突き放したって。おれは……正直、それが正しいこととは思えなかったけど。自分から解放してあげたんだって言ってた」

さっき泣きやんだばかりだったのに。また涙が溢れて、ハンカチで押さえた。

「……バカだなぁ」

そう、あの頃、私は確かに追い詰められていた。母親とも険悪になって、花ともギクシャクして、何より光希のことが心配で、毎日不安で胸がはり裂けそうだった。

そういうの、光希にも伝わってたんだ。

「私のことなんか、心配してる場合じゃなかったのに」

「優しい子だったんだね」

その言葉に何度も何度も頷いて、洟《はな》をすする。

光希は、最期の最期まで私の知っている光希そのままだった。

なのに、それに気づけなかった。

私は……何をしていたんだろう。

不謹慎メイクをして、周囲に壁を作って、色んな人を傷つけて。

そんなことをしたところで、光希のことを理解できるわけじゃなかったのに。

「細川さん、家のこともすごく気にしててね。自分が《ヴァイオレット・アイ》になったせいで、家族に迷惑をかけたって。そんな家の事情もあったから、お金がかかるようなことは趣味にしないようにしてきたとも話してた。でも、最期くらい綺麗な写真を撮りたいと思ったんだって。完成した写真を見て、『あたし、こんなに綺麗だったんだ』って笑ってくれたのを覚えてるよ」

逢坂さんの言葉に、私は顔を上げた。

「あの写真、すごく綺麗でした。紫の光がキラキラしてて……幻想的な感じがして」

光希は周囲に比べ、おしゃれやメイクにあまり興味がないのだとばかり思っていた。もちろん、地図が好きであるのも嘘じゃないはずだ。

でも、それだけじゃなかったのかもしれない。

光希と、もっとそういう話もしたかった。

そういう光希のことも、もっと知りたかった。

綺麗だって、直接伝えられたらよかったのに。

ふと視線を感じ、ハンカチから目元を出すと鷲宮と目が合った。けど、鷲宮はすぐに私から逢坂さんへ視線を移す。

「逢坂さんは、どうしてこういう写真を撮ってるんですか？」

誰に対してもストレートを投げる鷺宮に、にわかにハラハラしたものの、逢坂さんは穏やかに答えてくれた。

「五年前、高校時代に付き合っていた彼女が《ヴァイオレット・アイ》で亡くなったんだ」

私は事前に逢坂さんのインタビュー記事などを読んでその話を知っていたけど、鷺宮は知らなかったらしく、短く息を呑む。

「その頃、写真部に入っていてね。だから、彼女のことをたくさん写真に残そうと思った。そうして彼女の写真を自分のサイトに上げたら、自分の写真も撮ってほしいと、別の《ヴァイオレット・アイ》の人からも連絡が来るようになって、今みたいになった感じかな」

「辛くないですか？」

鷺宮の質問に、逢坂さんは「辛いよ」と即答した。

「とっても辛い。自分より若い人が亡くなっていくんだから。理不尽だし、いつもやるせない。……でも、写真を撮ったあとに笑ってもらえるのは、同じくらいやりがいもある。自分にもできることがあるのかなって思えるよ」

それから、逢坂さんはパンツのポケットから名刺を出すと、私と鷺宮に一枚ずつくれた。

「撮ってほしくなったら、いつでも連絡して。今日は来てくれて、本当にありがとう」

行きは現地集合だったくせに、帰りは一緒に帰ると鷲宮は言い出した。泣きすぎた私の目元はまだヒリヒリしているような状態だし、放っておけなかったのかもしれない。

歩いてＪＲ有楽町《ゆうらくちょう》駅まで移動し、山手《やまのて》線に乗った。閉まったドアに凭れ、ようやくひと息ついたような顔をしている鷲宮に、改めて礼を伝えた。

「今日は、ありがとう」

鷲宮は予想どおり肩をすくめ、窓の外に目をやる。

「個展のこと教えてくれたのも、ついてきてくれたのも、色々」

ついてきてくれただけでなく、号泣している私を慰めるようなこともしてくれた。

不謹慎メイクをしたりして、毎日色んなものがぐちゃぐちゃだった。

そんなときに鷲宮と話せるようになって、本当によかった。

――今日のことで、つくづくわかった。

いくら真似をしたって、私は光希のことを理解できない。

理解できていなかったって、逢坂さんの話を聞いて痛感できた。

もっと話せばよかった。言葉を伝えればよかった。

本当に理解したかったのなら、そうすべきだった。

でも、光希はもういない。

だから。

私にできることは、これからはもう、同じような後悔をしないようにすることだけ。

鷲宮と同じように窓の外に目をやって、流れていく東京の景色を見つめた。

窓ガラスに、左右で色の異なる私の瞳が薄らと映る。

……本当は、最初からわかっていたのかもしれない。

私のしていることに、意味なんかなかったって。

光希を理解したくて不謹慎メイクをしてみた——なんてそんなの、本当はなんでもいいから自分にやれることをしたかった、ただそれだけのことだった。

本当にしなくちゃいけないことは、ほかにあったのに。

光希から逃げた自分を許せなくて、自分からも周囲からも逃げただけ。

——自分にもできることがあるのかなって思えるよ。

逢坂さんのように、私にもできることがあるって、思えるようになるだろうか。

電車はすぐに隣の東京駅に到着し、ほかの乗客に押し出されるようにホームに降りた。

「また掴まっとく?」

鷲宮が、なんだか小馬鹿にしたような顔でボディバッグの紐をこちらに見せてくる。私はその紐を素直に握り、歩きだした鷲宮の背中に尋ねた。

「文化祭、参加する？」

鷲宮はわずかにこちらをふり返り、すぐに前に向き直る。

「準備も何もしてねーおれが、参加すると思う？」

「それは、私も同じなんだけど」

少し歩調を速めて、鷲宮の隣に並んだ。

「参加してよ。その……ちょっと、話したいこともあるし」

我ながらなんとも思わせぶりな言い方になってしまったが、鷲宮はこれといって表情を動かさず、「今言えよ」と応えた。

「やだ」

にわかに胸の鼓動が強くなった気がして、鷲宮から目を逸らす。

そんな私を横目で見て、鷲宮は小さな声で答えた。

「……考えとく」

アナザーサイド② ある男子生徒の嘘

原諒には、唯一無二の幼なじみがいる。

小学生の頃、同じ町内に住んでいた鷲宮啓二。諒にとって、啓二はどんなヒーローよりもカッコいい存在だった。あるとき本を読んでいて、〝憧れ〟という単語を知った際には、この感情を表現するのに、これ以上にふさわしい言葉はないと胸がジンとした。諒にとって、啓二はそういう存在だった。もっとも、啓二の方は諒のことを同じようには思っていないだろうけど。啓二が憧れるような要素は、諒には皆無だったので。

そんなふうに諒が啓二を慕うようになったきっかけは、きっと啓二にとってはどうでもいい、些細な出来事だった。

小二の頃、諒のことをからかったクラスの男子を、啓二がぶっ飛ばしたのだ。

諒の父親は、フリーライターとかフリー記者とか呼ばれる文筆業をしていた。父の仕事には決まった勤務時間やわかりやすいスタイルがなく、当時八歳だった諒には、その仕事を他人に正確に説明することは難しかった。平日の日中でも家にいることが多いそんな父のことを、ある日、クラスメイトに嗤《わら》われた。

「なんかそれ、おかしくね？」

そのクラスメイトが、様々な仕事や働き方があることを知らなかっただけ。自分の知っている世界でしか物事を見ていなかっただけ。今の諒なら簡単に反論できるし、気にも留めなかったと思う。

でも、その頃の諒は顔を赤くするだけで何も反論できず、ただただ身体の横で拳を握って震わせることしかできなかった。

そんなときだった。

啓二が、その男子に体当たりした。

当時、啓二は背の順ではいつも一番前で、諒よりずっと小柄だった。そんな小さな身体でクラスメイトを吹っ飛ばし、啓二は仁王立ちになって吐き捨てる。

「家に父親がいるのの、何がおかしいんだよ」

啓二が母子家庭であると知ったのは、その少しあとのことだった。

そして、これっぽっちも動けずにいた自分の代わりに怒ってくれた啓二の姿に、諒はとんでもなく痺れた。こんなふうに強くなりたいと、堂々と理不尽に立ち向かえるような人間になりたいと、どうしようもなく憧れた。

啓二の家が諒と同じ町内だという幸運もあり、以来、諒は何かにつけて啓二について回った。遊びに誘ったり、家に呼んで、さも親しい友人かのように親に見せつけたりした。啓二は諒をあしらうことこそしなかったものの、特定の誰かとだけつるむようなこともしなかった。啓二の親友というポジションに収まりたかった諒には残念なことではあったが、啓二の誰にも迎合しない姿にもまた、尊敬の念を抱いた。

啓二は家庭の事情で、中学進学と同時に引っ越した。その頃から、諒は啓二のことを心の中で勝手に「幼なじみ」と呼ぶことにした。幼なじみであれば、勝手に自称しても許されるような気がしたのだ。

引っ越し先の住所は抜かりなく聞き出し、年に二回、暑中見舞いと年賀状を送った。啓二は返信こそくれなかったけど、送れば必ずメッセージで返してくれた。

《年賀状どーも》

たとえ端的なメッセージでも、啓二からの連絡は本当に嬉しかった。震える指で、さもなんでもないふうを装って、きっかり二分後に返信をした。

《連絡ありがとう。元気だった?》

年に数度の貴重なやり取りでは、ここぞとばかりにさりげなく質問を織り混ぜた。

《啓二は部活やってる?》

《SNSはやってないの?》

啓二の母親が亡くなったことは、そんなやり取りの中で知った。彼は中学生になってから、親戚宅で世話になっていたのだ。

何日も、いや何ヶ月も脳内でシミュレーションして、中三になったその年、諒は啓二に渾身《こんしん》の質問を送った。

《高校、どこ受験するか決めた？》

啓二はあっさりと豊砂高校だと教えてくれた。諒の家からとても近い公立高校。けど、今の啓二の家からは遠く、学区外ではないかと思い訊いたところ、啓二は教えてくれた。

《中学卒業したら、そっち戻って一人暮らしする》

その返事に諒は喜びのあまり文字どおり飛び上がり、受験勉強に全力を尽くして豊砂高校に合格。そして、幼なじみとまた同じ学校の生徒になれた。

同じ学校なら、毎日の登下校に教室移動、球技大会に文化祭と、彼の姿を見られる機会はいくらでもある。すれ違いざまに、「よ」なんて短い挨拶を交わすこともできるだろう。また啓二と同じ学校に通えるなんて、それだけで夢みたいだった。

――だけど。

そんな夢みたいな高校生活には、少しずつ異変が生じていった。

高校で再会してすぐの頃にも、啓二の雰囲気が変わったという印象は受けていた。昔からどこか大人びた雰囲気のある少年ではあったけど、屈託のなかった笑顔が消え失せ、代わりに物憂げな、陰のようなものを纏うようになっていた。

　でも、それは成長期を迎えて急速に伸びた身長や、低くなった声のせいもあると諒は理解した。それに、彼は唯一の肉親である母を亡くし、親戚宅で居候をしていたのだ。諒にはわからない苦労もたくさんあったんだろうと、胸の内で納得した。自分は、そんな彼が再会した唯一無二の幼なじみ。それなら、そんな彼の心の支えに少しでもなろう、なんて再会できた高揚に任せ、独り善がりなことを考えたりもした。

　とはいえ、同じ学校の生徒になっただけでクラスも異なり、諒と啓二の接点が劇的に増えることはなかった。見てくれもよく勉強も運動も人並み以上にできる啓二はクラスでは中心グループにおり、諒とはあまりにキャラが違った。幼なじみ、なんて肩書きも周囲の人間には知ったことじゃない。あんなに啓二との再会を望んでいたのに、迂闊《うかつ》に親しく接して変に目立つことを諒は恐れた。啓二に迷惑がかかるという心配ももちろんあった。でもそれ以上に、諒は啓二に軽くあしらわれ、傷つくことを何より恐れた。

　そうして啓二がいる高校生活は、夢見ていたよりはずっと地味に味気なく過ぎていった。二年生になっても啓二とは別のクラスで、運のなさにも落ち込んでいた新学期。

　啓二が、頻繁に授業をサボるようになったと耳にした。

「鷺宮くん、不良ってイメージじゃなかったのにね」

クラスの女子たちがそんな噂話をしていて、諒はそのことを初めて知った。同じクラスであれば、啓二の変化にもすぐに気づけたのにと歯痒かった。諒は啓二と同じクラスの知り合いなどからも情報を得て、啓二の動向を探っていった。

啓二は登校こそしているものの、保健室で寝ていたり、屋上や非常階段などで時間を潰していたりするらしいとわかった。先生に注意されても、気にせず翌日にはまた教室を抜け出す。かといって、素行の悪い連中とつるんでいるとか、そういうわけではないらしい。啓二はあくまで一人で、自由気ままに過ごしている。

何かあったのかとか、どういうつもりなのかとか、訊こうと思えば質問はいくらでもできただろう。

でも、諒は何もしなかった。できなかった。

もし啓二がそれを望んでいなかったら、鬱陶しがられてしまったら。幼なじみだと名乗ることすら、できなくなってしまうかもしれない。

そんなふうに見守ることしかできなかったある日、五月の下旬のこと。

啓二がある女子生徒と話している姿を、度々目にするようになった。

紀田咲織。

啓二のクラスメイトで、《ヴァイオレット・アイ》を発症した女子生徒。紀田咲織は、三月に《ヴァイオレット・アイ》で亡くなった細川光希と親しかったという。そんな紀田咲織が発症したことで、《ヴァイオレット・アイ》はうつるのではないかと恐々としている生徒は少なくない。

啓二に対してできることがないか考え続けていた諒は、そこで発想を転換した。啓二となんらかの関係にあるらしい、咲織の力になるのはどうか、と。

友人なのか、恋仲なのか、ただのクラスメイトなのか、二人の関係はわからない。気にならないと言えば嘘になるが、でもそれは、どちらにしろ諒にとっては関わりないこと。

それよりも、間接的にでも、啓二のためになればという思いが勝った。

そうして六月の中旬、諒は昇降口でたまたま鉢合わせた咲織に自己紹介し、声をかけた。

「最新の治療をしてる病院とか、治療薬の開発状況とかそういうの、もし知りたければその、紀田さんの力になれる……と、思うんだけど」

咲織に手を差し伸べれば、間接的に啓二の役に立つんじゃないかと考えた。

けど、咲織は困ったような顔をし、「お気遣いなく」と去ってしまった。

精いっぱいふり絞った勇気は空回り、それどころか、下手したら咲織から啓二に「幼なじみを名乗る変な奴から声をかけられた」と報告される可能性に思い当たって頭を抱えた。

啓二に釈明のメッセージを送ろうかひと晩迷ったが、何もできないまま朝を迎えた。


けど、それから数日経って週が明けたその日。

思ってもなかった機会が訪れた。

週末に文化祭を控えたその日、クラスの出しものであるおばけ屋敷の装飾作りをしていた諒は、ゴミ袋を抱えて放課後の校舎を歩いていた。

啓二の様子がおかしくても、学校行事は滞りなく行われる予定で、祭りを前に浮き足立った空気に包まれている。諒には、それが不快でたまらなかった。問題から目を逸らして、束の間の非日常に浸りたいだけではないかと思えてしまう。

ゴミ捨て場は体育館のそばで、校舎の外にある非常階段を使えばショートカットできる。諒は重たい防火扉を身体で押し開け、三階の廊下から非常階段に出た。

雨粒こそないものの、どんよりと灰色の雲が垂れ込めた、いかにも梅雨らしい空。海の方から吹いてくる生温《なまぬる》い風は、いつもより磯臭かった。ゴミ袋は二つもあり、おまけに大きくて足元が見えない。ただでさえ鈍臭いので階段を踏み外したりしないよう、ゆっくりと下りていって、ふと足を止めた。

二階と三階のあいだ、踊り場のところ。柵に寄りかかるようにし、誰かが――啓二が目を瞑り、片膝を立てて座っていた。

やや伸び気味の黒髪が、潮風に吹かれてさらりと流れる。啓二は長袖のシャツを腕まくりし、襟元のボタンを二つも開けて着崩していた。鎖骨がくっきりと浮いた身体は見るからに細く、肌は白い。ちゃんと食事をとっているのかと心配になっていると、啓二はその目蓋をゆっくりと開いた。昔から睫毛《まつげ》が長いのは変わらない。本人は役に立つものじゃないし邪魔だなんて言っていたけど、啓二のそんな目元も諒には好ましかった。

ゆっくりとこちらに顔を向けた啓二は、その表情をわずかに緩めた。

「……諒じゃん」

その口から発せられた自分の名に、諒は熱い血が耳の先まで巡るのを感じつつ、ゴミ袋を抱え直した。

「こ、こんにちは！」

学校で会って「こんにちは」ってなんだ、と自らに内心ツッコミを入れた瞬間、やはり啓二にも笑われてしまう。

「あいかわらず、お堅いのな」

啓二につられるように、諒も笑う。お堅くて、真面目で、面白味がなくて、地味。そういう自分のキャラもまた、ずっと変わっていない。

思いがけず啓二と話せて嬉しい一方、諒は唐突に不安になった。咲織に話しかけたことは、啓二に伝わっているんだろうか。おかしなふうに、思われていなければいいけど……。

そんな心配をする諒をよそに、啓二は訊いてきた。

「そのゴミ、文化祭か何かの？」

「あぁ……うん、そう」

「諒のことだから、また押しつけられたりしてんじゃねーの？」

思いがけず見透かされ、諒は顔を赤くした。不器用な諒はベニヤ板を切ったりペンキを塗ったりすることもうまくできず、装飾作りを仕切っていた男子に、ゴミを集めて捨てるくらいはできるだろうと匙《さじ》を投げられたばかりだったのだ。

自分のことをよくわかっている啓二に、嬉しさ以上に恥ずかしさが上回った。諒が黙っていると、啓二は苦笑して続ける。

「嫌なことは嫌って、ちゃんと言えよ」

小学生の頃にも、何度も何度も啓二に同じ言葉をかけられた。諒は昔から、押しに弱くて気も弱く、面倒ごとを押しつけられがちだった。また同じことを言われてしまっている。

啓二のアドバイスをちっとも実行できない自分が情けなく、諒は強がるように返した。

「押しつけられたわけじゃないよ。たまたまおれの手が空いてたから、それだけ」

「そ」と小さく応えると、啓二は柵に凭れたままの姿勢でまた瞳を閉じた。

その身体が、なんとなくぐったりしているように見え、諒は一歩近づく。

「啓二、もしかして具合悪い？」

閉じたばかりの目蓋が再び開き、諒の姿を捉える。濃い茶色の瞳。

「あー……貧血？　怠いから、ちょっと昼寝してた」

諒は保健室で寝ていることもよくあると聞いていた。もしかして、どこか具合が悪いんだろうか。

にわかに諒の心臓は嫌な音を立て始め、かといって過度に心配して騒ぐようなこともしたくない。「保健室に行く？」と、あくまでさりげなく、でも人並みの心配を滲ませた声で訊いてみる。

「そこまででもない。それにここ、結構気持ちいいし」

啓二は遠くを見るように目を細めた。海の方角は、千葉港に注ぐ浜田川《はまだがわ》の緑地と鈍色《にびいろ》の高層ビルで、視界の半分が歪《いびつ》に縁取られている。

ふと思い出し、諒はスラックスのポケットに入れていたものを啓二に差し出した。

「あげる。貧血に効くか、わかんないけど」

透明な包みに入ったオレンジのキャンディ。クラスの女子が、みんなに差し入れだと配っていて、お情けとばかりに諒にも渡された。

啓二はそれを受け取ってくれた。彼の手のひらに載った小さなキャンディを見て、自分にできるのはこれくらいの小さなことだけなのかもしれない、と諒は考える。

啓二のことが心配だったけど、ゴミ袋を抱えた自分がいつまでもここにいるのは迷惑だろうと思い、諒は「それじゃ」と本来の役目に戻ることにした。教室へ戻りがてら、もう一度ここを通り、啓二の様子を見よう。

啓二はさっそくキャンディを口の中に放り、階段を下りていく諒の背中に声をかけた。

「飴、サンキューな」

諒は思わずふり返る。

本当は、もっときみと話したい。

訊きたいこともたくさんある。

心配だと伝えたい。

自分だって、きみの力になりたい。

――でも、そんなことは口にできないから。

「まぁ、幼なじみなので」

軽い口調で応えた。

啓二は笑って手をひらりとし、諒もそれに応え、以降はふり返らず階段を下りていった。

色んな感情を隠して引っくるめるのに便利な〝幼なじみ〟を、これからも大事にしようと胸の内で誓った。

1-3　本当の嘘つき

二年一組の教室に私が顔を出すなり、クラスメイトたちの視線を全身に浴びた。

その大半が「来たんだ？」とでも言いたそうなもので、自分でもそう思うのだからしょうがない。

教室はすでにセッティングが始まっていて、机と椅子はすべてベランダに出され、どこに身を置いたらいいのかわからない。立ち尽くしていたら、背後から軽く肩を叩かれた。

「おはよう」

黒縁メガネの川原さんは、今日は長い髪を頭の高いところでまとめてお団子にしていた。軽くメイクをしているのか、目蓋にラメが載っていて、唇も艶めき色づいている。

「Tシャツ、Mサイズでぴったりだったね」

数日前に配布されたクラスTシャツには、さっき女子トイレで着替えた。Tシャツは和のイメージなのか抹茶を連想させるライトグリーンで、背中にはクラス全員の名前がプリントされている。そこには私の名前も、鷺宮の名前もあった。

「買わされたから」

ついそんなふうに返してしまい、嫌味に聞こえたかもしれないと心配したが、川原さんはケラッと笑う。

「じゃあ、今日は紀田さんもしっかりシフトに入ってね」

その週の金曜日、豊砂高校は文化祭の本番を迎えた。文化祭は全二日間の日程で、二日目の土曜日は校外からの来客も受け入れる一般公開日の予定だ。

いつもどおり自宅を出た私は、最寄り駅の女子トイレに入り、迷った末にいつもどおり左目にカラーコンタクトを入れて学校に向かった。

家を出てからずっと、緊張で呼吸がうまくできていない。

先週末、ギャラリーで光希の姿を見ることができ、心のつかえが取れた。真似をしたって光希を理解することなんかできない。だったらもう、不謹慎メイクなんて意味がない。そう思えた。だから。

文化祭の日にコンタクトを外して、謝ろうと決めた。

鷲宮にも、花にも、クラスのみんなにも。

そう覚悟を決めて、学校に向かったのに。

……難しい。

朝のホームルームのあとは体育館で開会式が行われた。そして、午前九時からいよいよ文化祭がスタート。教室は慌ただしく、川原さんに指示されるまま開店準備を手伝い、最後は『2－1　和喫茶　お茶とお菓子あります』というプラカードを掲げて校舎を一周してこいと命じられた。

ベニヤ板でできたプラカードを両手で持ち、にぎやかな校舎をゆっくりと歩いていく。研究発表、お菓子の販売、ダンス発表、クイズ大会……。各クラス趣向を凝らし、教室は飾りつけられ、客の呼び込みをする声や音楽で満ちている。

文化祭ってこんな空気だったなぁと、なんだか急に思い出した。

私も去年は光希と花と三人で、あれを見ようこれを見ようと話しながらあちこちを見て回った。三年生の出しものはどこも気合いが入っていて装飾も凝っており、来年はああいうの作ってみたいね、なんて話をしたりもした。

そういうの、すっかり忘れてたな。

生徒たちはみなカラフルなクラスTシャツや衣装などに身を包んでいて、なかには髪を染めていたり、カラーコンタクトをしたりと奇抜な格好をしている者もいた。私の紫の瞳なんかちっとも目立たないし、地味じゃないかとすら思えてくる。

どこかの教室からわっという歓声が聞こえてきた。それから拍手。ゲームでもやっているんだろうか。誰も彼もが楽しそうで、にぎやかで、一生懸命で。

こんな日に謝ろうとか、都合がよすぎたのかもしれない。

周囲に勝手に壁を築いたのは私だ。今さら謝って仲よくしてくださいと言うつもりはない。だったら、にぎやかな空気に水を差すようなことを、わざわざしなくてもいいのかも。

廊下のすみに寄って、プラカードを一度足元に置いた。凝り固まった肩をぐるぐると回し、それからスカートのポケットからスマホを出す。

少し前、鷺宮に《来ないの？》とメッセージを送ったけど、既読にもなっていない。

鷺宮には、《ヴァイオレット・アイ》じゃないと話しておきたかった。不治の病に罹るのがどんな気分なのか、私も知りたくてやっていたって話したい。鷺宮は私と光希が友だちだったことも知っていたし、話を聞くくらいは、してくれるんじゃないだろうか。

それと、花にもちゃんと謝りたい。

今朝も、教室で花とは目が合わなかった。少し前に酷いことを言ってしまってから、ますますギクシャクした状態になっている。許してもらえるかはわからなかったけど、これまでのことを引っくるめて謝り、逢坂さんの写真のことを教えたい。

よし、と気合いを入れ、プラカードを持ち直した。校舎の四階を歩いたら、校舎内を一周したことになる。そうしたら二年一組の教室に戻って、花を捜そう。

最低限の責務を果たすべく、プラカードを掲げて早足で校舎を回り、三階に戻った。二年一組の和喫茶は思っていた以上に好評なようで、廊下に列が延びている。

「最後尾はこちらです！　待ち時間は十五分くらいになります！」

そう列の整理をしているのは、花だった。

私がプラカードを下ろして近づくと、花はハッとしたような顔になり、それから視線を逸らした。あからさまにこちらを意識しないようにしているのがわかる横顔に、たちまち気持ちが萎えかける。

でも、と顔を上げた。

花の態度は当たり前のこと。悪いのは私。

花は何度も声をかけてくれた。それを無下にしてきたのも私。

だったら、今度は自分から声をかけなくては。

ひとまずプラカードを片づけようと教室を覗いたら、クラスの男子が引き受けてくれた。

私は渡されていたシフト表を確認する。花の当番は十一時まで。

現在時刻は午前十時前。あと一時間。そのあと、声をかけよう。

それまでに、鷲宮が来てくれれば……なんて、考えていたときだった。

「鷲宮くん、学校に来てたよ」

唐突に鷲宮の名前が耳に飛び込んできて、声の主の方を見た。

クラスメイトの佐間《さま》さんと葉山《はやま》さん。まだ当番ではない彼女たちはクラスTシャツ姿で、ほかの出しものを見てきたところのよう。その手にはそれぞれ、綿菓子や水風船がある。

彼女たちは、教室の入口近くで会計を担当している川原さんに話しかけていた。

「来てるなら、教室に来ればいいのに。クラスTシャツ、渡せるかなぁ」

川原さんの言葉に、綿菓子を持った佐間さんが「それがさ」と表情を曇らせる。

「鷲宮くん、なんか体調悪かったみたい。保健室に運ばれてた」

その言葉に血の気が引いて、三人に近づいた。

「鷲宮、保健室にいるの？」

突然割って入った私に三人は目を丸くし、葉山さんが教えてくれた。

「私たち、一階でやってる野球部の縁日に行ってきて。窓から見えたんだよね」

「鷲宮くん、梶山先生に負ぶわれてた」と佐間さんがそこに情報をつけ加える。

「それ、いつのこと？」

「ついさっき。十分も経ってないよ」

川原さんが、「様子を見に行っても大丈夫かな」と呟いたので、私は小さく手を挙げた。

「クラスTシャツなら持ってく。保健室、私が行ってくる」


保健室は校舎の一階、職員室の前を通過し廊下をさらに進んだところにある。ほかの教室から遠いこともあり、この一角だけ文化祭の喧騒から切り離されているようだった。

深呼吸して保健室のドアをノックすると、以前に鷲宮のことを教えてくれた、汐見先生が顔を出す。

「もしかして、鷲宮くんに会いに来た？」

先生の方も、私のことを覚えていたらしい。素直に頷くと、あそこ、とクリーム色のカーテンで囲まれたベッドを指差した。

保健室には、鷲宮を運んだという梶山先生の姿はなかった。体育館からなのか、バンドのものらしき演奏が微かに耳に届く。

「その……鷲宮、どこか悪いんですか？」

「ここに来たときは、貧血だって言ってたよ」

先生は、ベッドの方をチラと見た。

「眠ってるかもしれないから、起こさないようにね」

先生はノートパソコンのあるデスクの方に行き、私はそっとベッドに近づいた。

パーティションのカーテンの隙間から覗くと、鷲宮は身体を小さくするように、ブランケットに包《くる》まって目蓋を閉じていた。鷲宮の肌はいつも白いが、なんとなくいつも以上にその顔が青白く見える。

ベッドの横にある丸椅子に、音を立てないよう腰かけた。川原さんから預かっていたクラスTシャツを、ベッドの足元の方に置く。

それからふと思い立ってスマホを見ると、鷲宮に送ったメッセージは既読になっていて、きっかり三十分前に返信も届いていた。

《今着いた》

具合が悪いのに、私に言われたから学校に来てくれたんだろうか。「めんどくせー」とか「考えとく」とかなんだかんだ言いながらも来てくれるのが、いかにも鷲宮らしい。

律儀で、そう、とっても優しい。

なのに、申し訳ないことをしてしまった。鷲宮に話したかったのなら、もったいぶらず、それこそ先週ギャラリーに行った帰りにでも話してしまえばよかった。

私が話したかったことなんて、それくらいのことだったのに。

左目に指を当てる。少しずらして摘まむと、紫のカラーコンタクトはあっさりと外れた。

それを、そばにあったゴミ箱に捨てる。

両目をゆっくり瞬き、鷲宮を見つめた。

鷲宮が目を覚ますまで、ここで待とう。

それで、ちゃんと伝えるんだ。

私は《ヴァイオレット・アイ》じゃないって。

それから、騙していたことを謝って。

今日、来てくれたことの礼を言おう。

そして――あの質問に、答える。

――不治の病に罹るのって、どんな気分？

私には、どんな気分かはわからなかった、と。

先生が出て行ったのか、保健室のドアが開閉する音がした。気がつけばずっと聞こえていたバンドの演奏も途切れていて静かだ。次のバンドに交代するのかもしれない。

保健室はエアコンがきいていて、半袖の腕の表面が冷えるくらいには涼しかった。鷲宮が寝返りを打って仰向けになり、ブランケットがめくれる。鷲宮はネクタイを外していて、シャツのボタンを二つも開けていた。

筋ばった首、喉仏、くっきりと浮かんだ鎖骨。

ついまじまじと見てしまい、目を逸らした。いけないことをしてしまったようでドギマギする。前から思ってはいたけど、鷲宮はちゃんと食事をとっているんだろうか——

ふと疑問に思った。

子ども食堂の手伝いに行ったとき、私はカレーライスを食べた。

でも、鷲宮は？

鷲宮はあのとき、カレーを食べてた？

あのときだけじゃない。私は鷲宮が何かを食べているところを、これまで見たことがあったっけ……？

——なんか、全然お腹、空かないんだよね。

《ヴァイオレット・アイ》を発症した光希は、ある時期からお弁当を持参しなくなった。

「弁当を作る手間が省けていい」なんて笑っていたけど、その後、調べてわかった。

《ヴァイオレット・アイ》の症状に、食欲が極端になくなる、というものがあるのだ。

いやでも、鷲宮の瞳は紫じゃない、と自分を安心させるように考え、鷲宮のはだけた襟元に目を戻した。それから、もうすぐ七月だというのに、あいかわらず腕まくりしている長袖のシャツに目が行く。

ギャラリーに行ったときも、鷲宮は肘まで隠れるようなシャツを着ていた。

いつだかに本人が言っていたような、日焼け防止……？

私は鷲宮の手をそっと取った。そして。

シャツの袖を肩の方まで一気にまくし上げた。

「──紀田さんってさ」

いつの間にか、鷲宮が目蓋を開けていた。

彼の腕を掴んだまま固まっている私に目をやり、ポツリと言う。

「意外とやること大胆だよな。おかげで目が覚めた」

鷲宮はゆっくりと上体を起こした。そして、首を傾けるようにして私の顔を覗き込む。

いつものクールな表情かと思いきや、その口の端がわずかに上がった。

笑ってる。

「驚いた？」

私はそんな鷲宮の顔から、触れたままの腕に目を戻した。

鷲宮の上腕から肩にかけて。

点々と、紫色のシミのようなものがある。

「もう少し、バレずにいけると思ったんだけどなー」

鷲宮は、腕を掴む私の手を剥がした。両腕を回してうんっと伸びをする。

そしてわずかに顔を下に向けると、その手を、指先を、左目に当てた。

――数年前に社会問題となった、ある事件のことを思い出す。

《ヴァイオレット・アイ》を発症した男子高生が自殺した。その生徒は、周囲に病のことを伏せておきたくて、紫の瞳をカラーコンタクトで隠していた。なのに、担任教師が《ヴァイオレット・アイ》のことを、ほかの生徒に勝手に話してしまったのだ。

そう、《ヴァイオレット・アイ》を詐病するための、不謹慎メイクがあるのなら。

その逆もまたしかり。

鷲宮の指先に載っているのは、ブラウンのカラーコンタクト。

鷲宮がこちらを見る。

私を見つめる左の瞳は、澄んだ紫色だった。

真の章

2-1 まつりのあと

文化祭の二日目。土曜の一般公開日。

朝から夏を予感させるような眩《まばゆ》い晴天だったその日、私は午後になってから登校した。

校舎には外からもクラスや部の出しものがわかるような装飾が施され、見るからにお祭りの最中。あちこちから音楽や歓声、談笑が聞こえ、昇降口は他校の生徒や保護者などの一般客も多くいてにぎやかだ。

二年一組の下駄箱を見ると、予想できていたことだけど、鷺宮のスニーカーはなかった。踵《かかと》が潰れた上履きが突っ込まれている。

そして、三階の二年一組の教室へ向かった。今日は昨日以上に繁盛しているようで、廊下の列は長く蛇行している。

「最後尾こっちでーす」

列を整理していた佐間さんが私に気がつき、「あ」と口を半開きにした。近くにいたクラスメイトたちも、こちらを見るなり揃って微妙な表情になる。昨日は挨拶をしてくれた川原さんも、なんとも気まずそうな顔になって教室に入っていった。

色々、甘かったんだなぁと痛感した。

どれもこれも、自分が招いたこと。

私がただただ、バカだっただけ。

回れ右をした。今日はクラスTシャツも着ていない。そもそも、文化祭に参加するつもりで来たわけでもない。なのに、なんで教室になど行ったんだろう。

制服姿で廊下を歩いていく私は、お祭りの空気の中で逆に目立っていた。目の縁や耳の先がじわりと熱くなっていく。恥ずかしいのか、悲しいのか、悔しいのか、怒りなのか、自分の感情がもはやよくわからない。

どこかに一人になれる場所がないかと、必死に足を動かしながら考えた。


――昨日、保健室で。

カラーコンタクトを外した鷺宮は、「おれ、実は《ヴァイオレット・アイ》でさ」と話しだした。それはあくまで軽く、あたかもなんでもない雑談をするような口調だった。

「目の色が変わったのは……四月の頭だったかな。なんか、周りに騒がれんのも嫌だし、とりあえずコンタクトして隠しとくかーって」

そうして五月になり、不謹慎メイクをした私が現れた。

「最初は、普通に仲間かと思った。でもおれは隠してるし、そもそも仲間でつるむとかも好きじゃないからさ。放っておくことにしたんだけど」

何かを思い出したのか、鷲宮はちょっと愉快そうに目元を緩めた。

「紀田さん、おれに懐いてくるし」

「べ、別に懐いてたわけじゃ……！」

観察もして、あともつけた。そんな自分の行動を思い出して顔を赤くする。鷲宮は言葉を続けた。

「突然こんな病気になっちゃって、紀田さんも弱ってんのかなって思った」

紀田さんも、という言葉に胸が痛む。

鷲宮はあの頃、どんなつもりでいたんだろう。

それこそ、どんな気分でいたんだろう。

「でも、あの個展で違うってわかった。紀田さんは弱ってたけど、それは友だちが死んだからだった。――おれさ、逢坂さんが細川光希の写真を撮ってるの、ネットで見て知ってたんだ。細川さんって、おれにとっては《ヴァイオレット・アイ》の先輩みたいなもんじゃん？　だから、ちょっと興味あってさ。紀田さんが、細川さんと仲がよかったっていうのも知ってた。知ってて、紀田さんに個展のチラシ見せた。……悪かったな」

「謝る必要なんか……」

　そのおかげで、色々心の整理がついた。バカなことはもうやめようって思えた。

　でも、鷲宮は「試したから」と言う。

「紀田さんがどういう反応をするのか、興味があった。だから個展のことを教えた。……でも、思ってた以上の反応で、正直、ちょっと戸惑った」

　だけど、と続け、鷲宮は私をまっすぐに見る。

「紀田さんがなんで《ヴァイオレット・アイ》のフリしてるのかとか、納得もいった」

「私が《ヴァイオレット・アイ》じゃないって、なんでわかったの？」

　鷲宮は、自分の左目を指差した。

「紀田さん、知らなかった？　《ヴァイオレット・アイ》を発症すると、色覚に異常が出るんだよ。そんなに酷いものじゃないけど、なぜか紫だけ灰色っぽく見える」

　その言葉に思い当たる。光希の写真を見て、私は……。

「前から少し違和感はあったけど、『紫の光がキラキラしてて』って言ってるの聞いて、紀田さんは《ヴァイオレット・アイ》じゃないって確信した。おれには、細川さんの写真は灰色の光が舞ってるようにしか見えなかった」

　言葉をなくしている私に、鷲宮は続けた。

「よかったじゃん」

「え……」

「コンタクト外したってことは、嘘つくの、やめたってことだろ。病気じゃないのに病気のフリしてたって、いいことねーって」

「……怒ってないの？」

「何が？　おれが？」

「だって……」

《ヴァイオレット・アイ》の当事者を前に、私はずっと騙《かた》っていたのだ。

恥ずかしいし情けない。

鷲宮に怒られ、詰《なじ》られて当然だと思う。

なのに、鷲宮はそうしない。

それどころか、ホッとしたように息をつく。

「嘘ついてたのはおれもだし。それに……逢坂さんの個展見て、思った。こんな病気に罹る人間は、一人でも少ない方がいい」

鼻腔の奥が熱くなり、視界が揺らめきかけた。

「紀田さんが《ヴァイオレット・アイ》じゃなくて、おれはよかった」

……こんなの、ズルいじゃないか。

堪えきれず、手の甲で目元を拭う。

怒ればいいのに。

軽蔑してくれればいいのに。

こんなふうに許されるようなこと、私はしてない。

鷲宮は、俯いた私の頭を軽くポンとした。そして、近くにあったスクールバッグを引っかけ、ベッドから立ち上がる。

「どこ行くの？」

「だいぶよくなったから帰る。まぁ、その前にちょっと職員室に寄るか」

「よくなったって……本当に？　まだ寝てた方が――」

「おれは平気だから」

鷲宮の声は、ぴしゃりと拒絶するように響いた。

「紀田さんは落ち着くまでそこにいなよ。おれのことは気にしなくていいから」

「鷲宮――」

その姿は、すぐにカーテンの向こうに消えて見えなくなった。

汐見先生が戻ってきたらしい、「どうもお世話になりました」なんて鷲宮が挨拶し、保健室を出て行く音が聞こえた。鷲宮の瞳の色を見たのか、「鷲宮くん！」と先生が血相を変えたような声で呼び、バタバタと追いかけていく。

そして、静かになった。

体育館から、今度は吹奏楽部のものらしい管楽器の演奏が聞こえてきた。どこかで聴いたことのある、明るい映画音楽。文化祭はまだ始まったばかりだというのに。

自分の身体を支えていられなくなって、そばの壁に凭れた。

空になったベッドに目をやると、川原さんに託されたクラスTシャツが残されている。

考えないといけないと思うのに、頭がうまく働かない。

鷲宮が、《ヴァイオレット・アイ》だった。光希と同じ。

もしかして、とふと思い至った。

逢坂さんは、鷲宮こそが《ヴァイオレット・アイ》だと気づいていたんだろうか。

たくさんの患者たちと接してきた逢坂さんなら、些細なことから、それに気づいたとしてもおかしくない。だから、私と鷲宮、両方に名刺を渡した……？

ギャラリーで見た、たくさんの写真が脳裏を過る。

あの中に、鷲宮も加わるの……？

ついそんな想像をしてしまい、口元を押さえた。

両手が、身体が震える。

考えたくない想像ばかり膨らんでいくのを止められなくなって、両手でベッドのマットレスを叩き、そのまま突っ伏した。

嘘をついた罰ってこと？

不謹慎メイクをしたから？

こんなのって、ない。

——そのあと、どれくらい経っただろう。

汐見先生が戻ってきて、ベッドに突っ伏している私に気がついた。

「紀田さん……知ってた？」

先生は動揺が抜けきらない顔で、あのあと鷺宮が何をしたのか教えてくれた。

鷺宮は職員室に行き、近くにいた先生に訊いたのだそう。

退学するにはどうすればいいか、と。

そして、そんな鷺宮の瞳を見て絶句している先生方に、淡々と説明したという。

——おれ、《ヴァイオレット・アイ》なんで。どうせ卒業できないし、これ以上通っても意味ないかと思って。

職員室でのそんな出来事は、瞬く間に学校中に広まっていった。

紀田咲織はニセモノで、ホンモノは鷺宮啓二。

そんな噂が、文化祭の学校を駆け巡った。

一人になりたいと思っていた私は、その前に気分を悪くし、結局、保健室に行った。

汐見先生は二日続けて現れた私に何も言わず、ベッドで寝かせてくれた。昨晩ほとんど眠れなかった私は気がつけば夢も見ず泥のように眠っていて、揺すって起こされたときには、文化祭の閉会式まで終わっていた。

閉会式のあと、一時間は片づけと掃除の時間のはずだ。このまま帰ろうかと思っていた私に、先生は「これ」とあるものを差し出してきた。

渡せずじまいだった、鷺宮のクラスTシャツ。

「本当に退学するかはわからないけど……こういうの、記念になるし」

鷺宮がそういう記念を大事にするようなキャラには思えなかったけど、断ることもできず、受け取って保健室を出た。

昨晩、スマホを見ると鷺宮の名前はメッセンジャーアプリから消えていた。ブロックされたのかもしれない。学校関係の知り合いすべてなのか、もしくは私個人なのかはわからなかったが、鷺宮の方から切られた。これまで一方的に話しかけても、あとをつけても、私を追い払うようなことはしなかった。そんな鷺宮からの、初めての拒絶だった。

Tシャツを託されたところで、私にもう渡す術《すべ》はない。

住所を知っているであろう、担任の先生にでも預けるしかないだろうか。でも、職員室で梶山先生と顔を合わせたらと考えると、胃が痛いなんてものじゃなかった。

廊下では、バラした装飾やゴミなどを運んでいる生徒たちがひっきりなしに往復している。片づけをして、このあとは打ち上げというクラスや部活も多いんだろう。

使われなかったクラスTシャツを手に、昇降口の手前で立ち尽くしていたときだった。

「……咲織？」

名前を呼ばれ、声の主が誰だかわかった瞬間、その場から逃げかけた。けど、すぐに腕を掴まれてつんのめる。

大きなゴミ袋を二つも持っているのは、クラスTシャツ姿の花。

「今日、休みだと思ってた。どこにいたの？」

答えられずにいると、花は抱えていたゴミ袋をずいと押しつけてきた。

「これ、一緒に捨てに行こう」


透明なゴミ袋の中には、見覚えのあるプラカードや装飾の残骸が見えた。あんなにみんなが時間をかけて準備してきた装飾や道具も、一時間であっという間にバラされて、ゴミ袋に詰められて捨てられる。なんとも儚く、準備にさして参加していなかったくせに、どうしようもない空《むな》しさを覚えてしまう。

花はゴミ袋を手に、私の一歩前を歩いていた。

……どういうつもりなんだろう。

花にも謝ろうと思っていたが、鷺宮のことで頭がいっぱいで、昨日はそのタイミングもなかった。今日も今日とて頭は混乱したまま、そこまで気が回らなかった。花に謝りたい気持ちはもちろんある。でも、何からどう話したらいい……？

　ゴミ捨て場はすでに山になっていて、係の生徒の指示に従って私たちは袋を置いてきた。このまま校舎の方に戻るのかと思いきや、花は「こっちから行こう」と私の手を引く。握られた花の手は温かく、思いがけず鼻腔の奥が湿っぽくなりかけた。

　自分から色んなものを遠ざけたのに。

　酷いことを言ったのに。

　まだ手を引いてくれる誰かがいるという、それだけのことで泣きそうになる。

　花は上履きのまま渡り廊下を逸れ、駐輪場の前を通り、校舎脇にある非常階段の入口でようやく足を止めた。周囲に人気《ひとけ》はなく、不思議に思っていたら花は手を離した。ここから三階に行けば、二年一組の教室はすぐ。単に近道をしたかったのかなと考え、階段の上の方を見ていたそのときだった。

　バチン！　と乾いた音が響いた。

　思いがけず頬に衝撃を受け、数歩よろけて近くの壁に手をつく。頬がジンジンと熱を持ち、視線を上げると、花が顔を赤くしてその手を前に出していた。

　ビンタされたらしい、と一拍遅れて気がつき、呆然としていると。

　花はその手を大きくふりかぶり、そして。

　今度は自分の頬を勢いよく引っぱたいた。

「え……花？」

花は今度は反対の手を使い、また自分の頬を叩く。

顔を赤くし、目を真っ赤にし、両手を使ってパチンパチンと頬を叩き続ける花の手を掴んで止めた。

「何やってんの！　やめなよ、顔腫れちゃうって」

すると、花はまっすぐに私の目を見つめ、ほとんど叫ぶように言った。

「咲織が《ヴァイオレット・アイ》じゃなくて、よかった！」

そして、顔をくしゃりとするなり、ポロポロと涙を零す。

「よかった。本当によかった。咲織まで死んじゃったらどうしようって、ずっと怖かった。よかった。咲織がなんともなくて、本当によかったっ‼」

そんな花の言葉に、私の涙腺も決壊した。

溢れた涙が頬を濡らす。顔の表面に熱が集まって、大きくしゃくり上げる。

こんなふうに心配してくれていた友だちを、私はずっとずっと、ないがしろにしてきた。

なんて……なんてバカだったんだろう。

「ごめん……花、本当に、ごめん……！」

「謝ったって、絶対許さないんだから！」

「うん」

「咲織が不謹慎メイクするなんて思わないじゃん！　教えてよ！　咲織のばかぁぁぁ」

花はポカポカと私を叩き、わぁわぁ泣きながらも続けた。

「でも、私も、バカだから」

「なんで――」

「《ヴァイオレット・アイ》は、うつらないって、知ってた。知ってたのに！　光希も咲織も罹ったなら私もなるんじゃないかって……怖かった。それで、咲織のこと、避けた。友だちなのに。咲織の、咲織のこと、心配だったのに。だから……だから！」

また自分の頬を叩こうとする花の手を止める。

震えるその手を、強く強く握った。

「いいんだよ。花はバカじゃない。謝らなくて、いいんだよ」

私は全然、わかってなかった。

光希を失ったのは、私だけじゃなかったのに。

悲しかった。

寂しかった。

やるせなかった。

そんな感情は、私だけのものじゃなかったのに。

そんなことにすら気がついてなかった。

気がつかないで、勝手なことばかりして。

花を傷つけた。

鷺宮だって、きっと傷つけた。

たくさんの人を傷つけた。

そんなことにも気づいてなかった。

私は、本当にバカだった。

私が握った手を、花が強く握り返す。

温かい。

伝わるその熱に、胸の奥が熱を持つ。

みんなを傷つけたくせに。

自分勝手な私はきっと、こういう温もりもまた欲してた。

「ごめん……ごめん、ごめんなさい。花、ごめん……」

謝り続ける私を花は抱き寄せた。震える花の身体を、私も強く抱きしめ返す。

「……ありがとう」

互いの肩に顔を埋《うず》め、何度も何度も謝り合って、私たちはそのまましばらく泣き続けた。

◇◇◇

文化祭の振替休日があり、週が明けて登校日。

顔を洗って制服に着替え、身支度を整えた私は、深呼吸してからリビングに顔を出した。母はキッチンにいた。パリッとしたシャツにスーツのパンツ姿。私の顔を見るなり、演出の大げさなコメディ映画のワンシーンみたいに目を丸くする。

「……おはよう」

挨拶すると、母は動揺をごまかすように冷蔵庫を開け、こちらを見ずに「おはよう」と返した。

母とこんなふうに挨拶し合うのは、いつぶりだろう。

かつては毎朝、二人できちんと朝食をとるのが習慣だった。それを去年の秋、光希に「あんまり近づかない方がいいんじゃない？」などと言われて以来、私は放棄した。

最初こそ母も歩み寄ろうとしてくれていたが、私はそれをすべて無視した。そうして膠《こう》着《ちゃく》状態が続いていたなか、私が不謹慎メイクまでするようになり、ますます関係はこじれて収まりがつかなくなっていった。

「……何飲む？」

牛乳パックを手に訊いてくる母の、生え際の白髪が目につく。よく見れば、その顔に滲んだ疲れもメイクでは隠しきれていなかった。以前は白髪が目立つ前に染めていたし、化粧にも気を遣う人だった。そんな変化にも、これまでまったく気がついていなかった。

「いつものでいい」

朝の飲みものは、ホットミルクにスプーン一杯のインスタントコーヒーと砂糖を混ぜて作るカフェオレが定番だった。母がマグカップ二つに牛乳を注いで電子レンジに入れ、レタスを千切ってサラダを用意する。私はその横で冷凍してあった食パンをトースターに並べ、冷蔵庫からマーガリンを出した。

そうして手早く朝食を用意し、食卓に並べて母と向かい合う。

どちらともなく、「いただきます」を言って、私はカフェオレに口をつけた。

久しぶりのカフェオレは、記憶の中にあるイメージよりも、ずっとずっと甘かった。

ふと視線を感じて顔を上げると、母はカフェオレにもトーストにも手をつけず、まっすぐにこちらを見つめて静かに尋ねた。

「……不謹慎メイク、もうやめたって？」

文化祭では色々あったと思うのに。学校は、律儀に母に連絡をしたらしい。

否定する理由もなく素直に頷いた。

「もうしない」

すると、母は食卓に肘をつき、顔を俯けて両手で覆った。その肩がわずかに震えていることに気づき、私の息も詰まったようになる。

……ずっとずっと、母の力になりたかった。

父は私には優しい人だったけど、母には高圧的な態度を取る人だった。あれは今思うと、典型的なモラハラという奴だったんじゃないかと思う。

——おれが稼いでやってるんだから。

——お前は気楽でいいよな。

——おれがいないと何もできないんだろ。

私がテストで悪い点を取ったり失敗したりすると、それは全部母のせいになった。

——お前の教育がよくないから。

——ろくな学校を出てないから。

——この子がかわいそうだ。

母が悪く言われるのが我慢ならなくて、私はかわいそうなんかじゃないって証明したくて、なんだって必死にがんばった。お遊戯会だって、算数のテストだって、運動会だって。それで両親が喜んでくれるならと、努力をすることくらいなんでもなかった。けど、私の些末な努力なんか、ほとんど意味は成さなかった。

私の小学校卒業と同時に両親は離婚し、私は住み慣れた街を離れた。

母は就職し、正社員として働くようになった。少しでも支えたくて、できる家事は手伝った。苦労はあっただろうけど、離婚して母の表情はみるみるうちに明るくなった。母が元気になるならと、知らない街での不安や寂しさには蓋をした。

母を悲しませるようなことはしたくない、ただそれだけだった。

……でも、いつからだろう。

思っていることを、なかなか口にできなくなっていた。何も言わずに胸の内に溜め込んで、そんなことを続けているうちに光希の一件で爆発した。

こんなふうになる前に、どうにかすべきだったのかもしれない。

「……色々、ごめん。迷惑かけて、ごめんなさい」

母は顔を伏せたまま、大きく頷く。

私は静かに深呼吸し、そしてようやく、ずっと言いたかったことを伝えた。

「でも、光希のことは謝って」

母が顔を上げた。その目が赤くなっていて、私はまた言葉を詰まらせそうになるも、気力をふり絞って続けた。

「《ヴァイオレット・アイ》になった光希に、近づくなって言ったこと。謝って。私は、そのことだけは許せない」

「それは……咲織のことが心配で」

「そんなのわかってる！　――でも、《ヴァイオレット・アイ》は人から人にはうつらない。そういう病気じゃないって、色んな研究で証明されてる。テレビでも学校でも言ってる。なのに……なのにそういうこと言うのは、差別だよ。お母さんは、私に友だちを差別しろって言ったんだよ。そんなのってない！」

最後には腰を浮かせて言い放った私に、母は唇を強く嚙み、そして。

食卓に額がつきそうなくらい、深々と頭を下げた。

「ごめん……本当に、ごめんなさい」

そんな母の姿に、私は力が抜けてストンと椅子に座り直す。

大人がこんなふうに謝る姿を初めて見た。

離婚したとき、父と母も、こんなふうに話し合いをしたりしたんだろうか。謝り合ったりしたんだろうか。そうであったらいいなと思う。

「……もういいよ」

「よくない。ごめんなさい」

「もういい。私も迷惑かけたから、お互いさまで、もういい」

母と顔を見合わせ、気まずいような気恥ずかしいような空気が流れた。壁かけ時計の秒針の音が沈黙の中で響き、二人して目をやる。

「……時間もないし、食べようか」

トーストはすっかり冷めてしまって、マーガリンを塗ってもほとんど溶けなかった。私たちは食パン、サラダ、カフェオレと順番に口にしながら、ポツポツと話をしていく。

「先生から聞いた。学校に、また《ヴァイオレット・アイ》の生徒が出たんだって？」

鷺宮のことを考えると胸が痛んだ。

鷺宮はきっと、もう学校に来ない。

学校をやめて、一人でどうするつもりなんだろう。

鷺宮の気持ちを想像できるほど、私は彼のことを知らない。そもそも、他人の気持ちを正確に理解するなんて無理な話だということも、今の私は知っている。

……だけど。

「私、やろうと思ってることがあって」

マグカップに口をつけていた母が、目だけで「何?」と問うてくる。

「《ヴァイオレット・アイ》のことをもっと勉強して、みんなと共有したい」

不謹慎メイクをしてみて、わかったこともある。

《ヴァイオレット・アイ》を忌避し、差別する風潮は確実に存在するということ。

テレビや学校でいくら人から人へはうつらないと伝えても、現実はそんなに簡単じゃない。人の心に巣喰う恐怖や差別は簡単に払拭できない。

「どうして頭でわかってても怖がってしまうのかとか、そういうのをディベートとかしてみたら、理解も深まるんじゃないかって」

一昨日、二人してさんざん泣いたあと、花と色んな話をした。

そのなかで、私たちはこの病のことを知らなすぎるのではないかという話になったのだ。

知らないから怖い。相手を思いやれなくなる。差別的な態度を取ってしまう。ネット上のデマに踊らされてしまう。

だったら私たちは少しでも正しく理解して、そんな世の中に抗《あらが》いたい。

私にもできることをしたい。

そうして前を向いて、鷺宮にまた会いたい。

「昨日から、花と色々相談してて。先生に直談判して、ロングホームルームの時間を使えないかとか考えてる」

すると、母はふいに視線を落として深々と嘆息し、「情けない」とポツリと口にする。

「何が？」

「咲織の言うとおりだと思って。……よく考えもしないで、友だちを差別するようなこと、言うべきじゃなかった。光希ちゃんには、たくさんよくしてもらっていたのに。今思うと、なんてバカなことを言ったんだろうって、情けなくて」

母も、中学時代から私が光希と親しかったことを知っている。なのにあんなことを言ったのは、未知の恐怖から我が子を遠ざけたい一心だったんだろう。それくらいは、私だって理解してる。冷静になれずにバカなことをしてしまったという点では、不謹慎メイクをしていた私も同じだ。

「自分でも勉強しようと思うけど。ディベートの資料とか、私にも見せてほしい」

「わかった」

「あと、できることがあったら応援するから。そのディベートが学校で反対されたりしたら、私からも先生に直談判する」

「いいよ、そんなの。親が出てくるとか恥ずかしいじゃん」

冗談かと思い笑って断ったのに、母は思いがけず真剣な顔だった。

「本当に成し遂げたいことがあるなら、親でもなんでも利用しなさい。そういうときは、遠慮した方が損するものなんだから」

思いのほか強いその言葉に、「わかった」と応える。

「困ったときには、相談する」

それから私たちは朝食を急いで掻き込み、揃ってバタバタと家を出た。

◇◇◇

母と和解したその日のうちに、花の協力も経て、担任の寄居《よりい》先生に《ヴァイオレット・アイ》についてディベートをしたいと提案した。

不謹慎メイクをしていた私の提案だし、難色を示される覚悟はしてきた。三十代独身男性の寄居先生は日和見《ひよりみ》主義なところがあり、あまり目立つことを好まない雰囲気がある。

けど、寄居先生は予想に反してあっさりと首肯した。

「すごくいいと思う。こういうことをしたいって、梶山先生や教頭先生にも確認してみるけど、多分、いけるんじゃないかな」

花と二人がかりで説得するつもりが肩透かしを喰らい、あれよあれよと、ディベートは二日後に実現することになった。

さっそくその日の放課後、私と花は資料作りのために地域の図書館に向かった。道中、花はこんな分析をする。

「鷲宮くんのことも噂になってるし、学校でも対応に困ってたんじゃないかな」

光希に引き続き、うちの高校でまたしても《ヴァイオレット・アイ》の患者が出たのだ。生徒も教師もショックを受けて当然だ。

《ヴァイオレット・アイ》の発症率は、対象世代一万人あたりに数人とされている。けど、その統計だって少し前のデータを基に算出したもの。数年前までは、数万人に一人とされていた。現在の発症率がさらに上がっているとしても、おかしくはない。

「それに、咲織が不謹慎メイクのことを自分で説明して謝りたいって言ったのも、大きいと思う」

教師たちは母に直接確認し、私が不謹慎メイクをしていることを知っていた。けど、それをほかの生徒たちには積極的に伝えなかった。《ヴァイオレット・アイ》でも不謹慎メイクでも、アウティングによる問題に配慮し、対応に苦慮していたのだろう。

準備を整え、その週の金曜のロングホームルームで、私たちはディベートを行った。

不謹慎メイクだと周囲にバレたあと、私はクラスで今まで以上に居場所をなくしていた。

私が何を話しても、彼らには響かないかもしれないとも思っていた。

けど、クラスメイトたちは私の謝罪に真摯に耳を傾けてくれた。

不謹慎メイクをした結果、空き缶を投げつけられたという話には、「おかしい」「酷い」なんて声が上がり、議論は盛り上がった。ロングホームルームの五十分はあっという間に過ぎ、続きは来週やることになった。

放課後になり、私は鷲宮に渡せなかったクラスTシャツを川原さんに返しに行った。

「ごめん。これ、私が渡しに行くって言ったのに。結局、渡せなかったんだ」

すると、川原さんはTシャツの受け取りを拒否した。

「鷲宮くんのTシャツ代は、すでに売上で補填してあるから。それは紀田さんが持ってて」

「でも、」

川原さんは、きっぱりとした口調で続ける。

「もし鷲宮くんに会うことがあったら、今度こそ紀田さんが渡す。それでいいと思う」

鷲宮と私が噂になっているらしいことはなんとなく知っていた。それをどんなふうに捉えているのかはわからないが、川原さんはこうも言った。

「鷲宮くんに、また会えたらいいね」

その言葉に、私は大きく頷き、Tシャツを抱きしめた。


うちのクラスで行ったディベートは話題になり、ほかのクラスでも順次行うことが決まった。クラスごとにレポートを作成し、まとめて冊子にするとか、電子書籍にして学校のウェブサイトに掲載するとか、色んな話が進行して私のあずかり知らないプロジェクトみたいになっている。けど、願ったり叶ったりだった。一時のブームにはならず、このまま空気が変わっていってほしいと思う。

ディベートで色んな話をした結果、クラスでの孤立はなんとなく解消していった。でも、それで何もかもがなかったことになるわけじゃない。自分のしたことが、どれだけ周囲に影響を与えたのか、今は痛感している。腹の内では、私のことを今でも許せない人はいるだろう。私は、自分がしたことを忘れずにいないといけない。

そんなふうに慌ただしく時間は過ぎていき、七月を迎えた。

その日の朝、いつものように登校すると、なんだか教室がざわついていた。私に気づいた花が、挨拶もせずに「これ見て！」とスマホを見せてくる。

表示されているのは、週刊誌のウェブ記事。

『大物俳優 鷹取浩一《たかとりこういち》の隠し子発覚! しかも息子はまさかの……』というタイトル。

鷹取浩一って誰だっけ……あ、昔、大河ドラマで主役やってた人?

「下の方、写真見て」

花に急かされ画面をスクロールすると、いかにも隠し撮りっぽい、顔をモザイク処理された男子高校生の写真が表示された。なぜその男子が高校生だとすぐにわかったかというと、どう見てもうちの高校の制服を着ているからだった。

顔こそ隠されているものの、袖まくりした長袖のシャツ、細い手脚もろもろ。見覚えがありすぎる。

写真の下には『鷹取氏の隠し子、Kくん』などと書かれており、続きを読んで絶句した。

『Kくんは《ヴァイオレット・アイ》を発症し、現在は休学中とのこと。鷹取氏は父親として、彼の病に向き合う覚悟はあるのだろうか?』

うちの高校の男子生徒で、《ヴァイオレット・アイ》を発症して休学中——なんて、鷲宮以外にいない。

目眩がし、近くの机に手をついた。

アナザーサイド③　ある男子生徒の真

原諒の唯一無二の幼なじみは、学校に来なくなった。

文化祭で、啓二が自ら《ヴァイオレット・アイ》だと職員室で告げたという話を、諒は人づてに聞いた。

なんの冗談かと思った。そんなアホな噂話をしている奴をはたいてやりたかった。けど直後、真偽を確かめようとスマホのメッセンジャーアプリを起動して、諒は愕然とした。啓二の名前が表示されなくなっていた。検索しても出てこない。ブロックされた。

とんでもなくショックを受けてから、諒はある可能性に思い至った。

啓二は、あらゆる友人知人をブロックしたのではないだろうか、と。

もしそうだとすれば。その噂話を、諒も信じざるをえなかった。啓二は理由もなく人を拒絶したりしない。そんな彼に、それだけのことが起こったということ。

それから間もなく、啓二が親しくしていた紀田咲織が、実は不謹慎メイクだったという話も知った。

啓二に何があったんだろう。どうして、不謹慎メイクをしていた紀田咲織と親しくしていたんだろう。もし諒が訊いていれば、何か教えてくれただろうか。

思い返せば、啓二にそれらしい徴候はいくらでもあった。

四月になって、急に授業をサボるようになったこと。啓二の瞳の色が変わったのは、その頃だったんだろう。授業を受けてもしょうがないと思ったのか、それとも人との関わりを断ちたかったのか。それに、制服が夏服に替わっても、彼は長袖のシャツを着ていた。体育の授業だってきっとサボっていたはずだ。それらは、手脚に広がっていく紫斑を見せないためだったのかもしれない。文化祭の数日前、啓二と非常階段で話したときだってそう。啓二は貧血だと言い、怠そうに踊り場の柵に凭れていた。
四、五、六、と諒は指を折って数えた。三ヶ月。その三ヶ月で、《ヴァイオレット・アイ》の症状はどれだけ進行するのだろうか。咲織に「力になれる」なんて申し出をしたくせに、今の諒には、役に立つ知識なんてこれっぽっちもない。
そして、混乱したまま一週間以上が過ぎ、七月になってすぐのこと。

その週刊誌報道は、父から教えられた。

「これ、啓二くんのことじゃないか？」

《ヴァイオレット・アイ》について調べている父は、どこからか、うちの高校でまた患者が出たという情報を得ており、それが啓二であることも知っていた。また、小学生の頃、諒が家に連れてきた啓二のことを覚えてもいた。そのため、諒から話を聞き出そうとし、少し前に大喧嘩をしたばかりだった。

そんななかでの、突然の週刊誌報道。

父のスマホを引ったくるようにして記事を読んだ。一般人で未成年でもある啓二の名はもちろん伏せられているが、高校がわかる制服姿の写真と、《ヴァイオレット・アイ》に罹患しているという情報だけで、啓二だと断定するには十分だった。

諒は記事を三周は読んだ。でもいくら読んでも、さっぱり中身が頭に入ってこない。

「啓二くん、本当に鷹取浩一の息子なの？」

父の質問になどもちろん答えられず、諒は無言でスマホを突き返した。

諒はあまりドラマなどを観るタイプではなかったが、それでも名前と顔が一致するくらい、鷹取浩一は有名な俳優だ。かつてはトレンディ俳優として一世を風靡《ふうび》し、父や母が若かりし頃を懐かしんで観るような、往年の人気ドラマや映画には必ずといっていいほどキャスティングされていた。記事によると、現在五十二歳らしい。

啓二が、そんな有名人の息子だったなんて。

「啓二くん、綺麗な顔してたもんなぁ」

「……一回しか会ったことないくせに」

知ったようなことを口にする父にカチンと来たが、「一回だからだよ」と父は応える。

「小学生なのに目鼻立ちがすごく整ってて、周りの子たちとはちょっと違う感じだったから覚えてたんだよね。鷹取浩一の息子だなんて、そりゃ違うよなぁ」

鷹取浩一にはこれまた有名な女優の妻がおり、子ども二人いておしどり夫婦として有名だったが、五年前に離婚している。その元妻とは別の女性、いわゆる愛人の息子が啓二というわけらしい。

啓二が母子家庭だということを諒は知っていた。啓二が話そうとしなかったので、詳しい事情はあえて訊かなかった。でも、詳しく知らなくても、自分は彼と適度な距離を保った、唯一無二の幼なじみとしてうまくやれていると思っていた。

なのに、なんでだろう。どうして裏切られたような、置いてけぼりを喰らったような、そんな気持ちになってしまうのか。

啓二は自分の父親が鷹取浩一だと、いつから知っていたんだろう。高校で再会して、なんとなく以前の明るさがなくなったように感じた。それは母親が亡くなって苦労したからだろうと、諒は単純に考えていた。その裏には、そんな父親の事情もあったのだろうか。

啓二に色んなことを確かめたかった。症状はどうなのか。今は元気なのか。自分にできることはないのか――

なのに、自分は啓二にブロックされている。

顔を青くして立ち尽くす諒に、「大丈夫か？」と父が心配そうに声をかけてくる。なんでもない顔でそれに答えることも、かといって感情を爆発させるようなことも諒にはできない。黙ってキッチンに行き、自分の茶碗を棚から出した。

学校は文化祭の前からそわそわした空気ではあったが、今はそれとは別種の落ち着かない空気がそこかしこに漂っていた。

「学校の外で誰かに声をかけられても、何も答えたりしないように」

その日の帰りのホームルームでは、そんな注意喚起がなされた。週刊誌報道の影響で、うちの高校の生徒から啓二の話を聞き出そうとしているマスコミの人間がいるらしい。

隠し子は高校生の息子、しかも《ヴァイオレット・アイ》に罹患している。《ヴァイオレット・アイ》関連のネタは世間の興味関心も高い。週刊誌には、たまらないネタだろう。

「鷲宮くん、カッコよかったもんね」

「父親が鷹取浩一じゃ、遺伝子が違うって感じ」

諒の父と似たような感想を漏らす女子もいた。

諒だって、啓二のことは誰よりもカッコいいと思っている。でもそれは見てくれの話ではなく、啓二のものの考え方や、いざというときに行動できる、そういう内面あってこそのものだった。

そういうことも知らないで、勝手なことばかり話す周囲にげんなりし、いっそのこと、耳を塞いでしまいたかった。けど、憶測混じりの噂話は尽きない。

「鷹取浩一の跡を継いで、芸能界入りする予定だったらしいよ」

「こんなふうになっちゃってかわいそう」

「《ヴァイオレット・アイ》も、親の力でなんとかなるかもね」

……なるわけないだろ。

世界中で治療法を模索している最中《さなか》。海外の製薬会社が治療薬の開発に取りかかっているらしいが、国内での開発は失敗続き。そんなレベルの状況なのだ。

ましてや、啓二は一人暮らしをしていた。先生たちも《ヴァイオレット・アイ》については寝耳に水だったと聞く。医療機関に繋がっていない可能性すらある。

なんにも知らないで、みんなが心配顔で根も葉もない噂話ばかりを口にする。

不謹慎メイクをしていた紀田咲織の発案で行われた一組のディベートは先生方に好評で、ほかのクラスでも実施することになった。その一回目を、諒のクラスでも昨日行った。《ヴァイオレット・アイ》についてもっと学び、考えていく必要があるという結論が出たばかりだった。

なのに、現実はこんなもの。

誰も啓二のことなんて真面目に考えていない。

彼が現在どんな状況に置かれているのか、想像すらできていない。

そのとき、諒の耳にこんな言葉が飛び込んできた。

「《ヴァイオレット・アイ》って、どれくらいで死ぬんだっけ?」

昼休みでにぎやかだった教室に、諒が椅子を引っくり返した音が響いた。

クラス中の視線が集まるなか、諒は声を上げて大きく拳をふり上げた。


血の滲んだ唇を消毒され、「痛っ」と顔を歪めた諒を、養護教諭の汐見先生は笑った。

数人がかりで保健室に連れていかれた諒は、鼻血がようやく止まり、あちこちにできた打撲や切り傷の手当てをしてもらっていた。

「なんか、すみません」

「まぁ、いいってことですよ」

保健室のお世話になったのは初めてだったけど、この先生でよかったなと思った。

保健室に運ばれた際、興奮していた諒は汐見先生の計らいで、鼻血が止まるまではとカーテンに囲まれたベッドで一人にしてもらえた。情けなくてこぼれた涙は顔のあちこちに沁《し》み、呑み込んだ鼻水は鉄の味がして気持ち悪かった。

鼻血は止まったものの気持ちが収まるまでさらに時間がかかり、ようやく頭が冷えてカーテンの隙間から顔を出した頃には、五時間目の授業も終わろうとしていた。パソコンで作業をしていた汐見先生は、「もういいの?」と軽い口調で声をかけた。汐見先生は諒にあれこれ訊くこともなく、それもまたありがたかった。

「ホント、一人でよくこれだけ大ケガができたもんだよ」

諒はクラスの男子に突進するように殴りかかったが、運動神経は皆無に等しかったし、喧嘩なんてしたこともない。

勢いよくふり上げた拳はあっさりかわされ、身体のバランスを崩し周囲の机を道連れに勢いよく引っくり返った。その際に倒した机に顔面を強打し、鼻血で周囲を血の海にし、女子たちの悲鳴が上がった。メガネが少し歪んだだけで壊れなかったのは奇跡だと思う。

足の打撲に湿布を貼ってもらっていたら、五時間目の授業が終わるチャイムが響いた。

「六時間目の授業には出たい?」

自分のせいで騒ぎになった教室のことを考える。

「出たくないです」

「じゃあ、サボるか」

汐見先生はひととおりの手当てを終えると、諒を再びベッドに追いやった。

保健室のベッドは、シーツがくったりしていてスプリングはいやに軋《きし》んで音を立てた。

横たえた身体も、あちこちが軋むように鈍く痛む。天井を見つめ、啓二のことを思った。

保健室でよく寝ていたという啓二も、このベッドでこの天井を見つめていたんだろうか。

「——くん、原くん」

身体を横にしているうちに眠ってしまっていた。汐見先生がカーテンの隙間からこちらを窺《うかが》っている。

「お客さん」

身体を起こしてベッドから降り、カーテンの向こうを見た。壁の時計は午後四時を回っていて、いつの間にか放課後になっている。

クラスの誰かが諒の荷物でも持ってきたのかと気が重くなったが、諒を訪ねてきたのは、思ってもなかった人物だった。

「……どうも」

ペコリと頭を下げてきたのは、紀田咲織。それと、一つにまとめた髪をサイドに流した、名前の知らない女子。上履きを見て、自分と同じ二年生ということだけわかった。

「鷲宮と幼なじみの原くんに、訊きたいことがあるんだ」

幼なじみ、という言葉に諒は固まった。それにはかまわず、咲織は説明する。

「鷲宮の住所が知りたい。こんな状況だし、鷲宮に会いに行きたくて。原くん、鷲宮と仲いいんだよね？　何か聞いてない？」

咲織の言葉が胸に刺さる。

幼なじみだって言葉ばかりを大事にして、自分はちっとも啓二と仲よくできなかった。

本当は、ずっとずっと、もっと親しくなりたかったのに。

互いのことを話して理解し合えるような、そんな友だちになりたかったのに。

「……原くん？」

諒の鼻腔の奥は熱くなっていて、込み上げかけたものを慌てて呑んだ。

「ごめん。おれ、何も聞いてなくて。連絡先も、ブロックされてる」

「あ、やっぱそうなんだ。私もブロックされてる」

その言葉に、ブロックされたのがやはり自分だけではなかったこと、そして二人がメッセンジャーアプリの連絡先を交換していることがわかった。

二人はどういう関係だったんだろう。

でも、そんなことは今はどうでもよかった。なんにもできないと思っていた自分にも、できることがあるかもしれない。そのことの方が、ずっとずっと大切だ。

「住所、わかる。今年、年賀状送ったから」

「ホント？　よかった！　先生に訊いても、個人情報とかなんとかで教えてくれなくて。先生方も鷲宮と連絡が取れなくなって困ってるみたい」

「こっちこそ……声、かけてくれて、ありがとう」

連絡が取れないなら、自分から会いに行けばいい。

それしきのことを自分では考えられず、ただただ恥ずかしく、情けなかった。

でも、自己嫌悪はあとだ。

できることがあるなら、それをしよう。

それで……それで。

今度こそ、友だちだと胸をはれるようになりたい。

「……あのさ、」

そのとき、これまでずっと黙っていた汐見先生が口を挟んできた。

「みんなは、鷲宮くんの友だち?」

諒は素直に頷けなかったが、咲織は首を縦にふる。

「そっか……そっかそっか。鷲宮くん、友だちいたんだ」

目元を綻ばせるようにした先生を見て、気がついた。

頻繁に保健室を利用していた啓二のことを、汐見先生も気にかけていたのかもしれない。

「なんにもよくないけど、ちょっと安心した。鷲宮くんに会ったら、『保健室に来たくなったらいつでもどうぞ』って、伝えておいてもらえる?」

その言葉には、諒もしっかり頷いた。

啓二は皆の連絡先をブロックして学校もやめ、一人になった気でいるのかもしれない。

でも、そんなの許してやるもんか。

簡単に一人になんてなれやしない。

そうなるようにしてきたのは、啓二自身だ。

保健室を出、教室に荷物を取りに行く諒に、咲織ともう一人の女子——咲織のクラスメイトで久保山花と名乗った——もついてきた。

「ところで原くん、そのケガ、どうしたの?」

歩きながら咲織が訊いてくる。三組で何があったのか、二人は知らないらしい。

「色々あって……でもおかげで、自分にカツ入れる感じになった」

すると、なぜか花が反応した。

「わかる!　自分のこと引っぱたきたくなるときってあるよね」

諒は自分を引っぱたいたわけではなかったけど、花はそういうことをするタイプなのだろうか。よくわからないまま、二年生の教室がある三階に到着した。

2-2　隠してた本音

原くんが鷲宮の住所を律儀にスマホのアドレス帳に登録していたので、学校を出た足でそのまま向かうことになった。

高校から歩くこと約三十分。むわっとした潮風に汗を掻きつつ、最寄りの海浜幕張駅やアウトレットモールを抜け、海にほど近いベイタウンエリアに到着した。このエリアは碁盤目状に整備されていて、高層マンションやデザイナーズマンションがずらりと並ぶ。電柱がない石畳の歩道は広々としており、近代的な雰囲気でおしゃれだ。

「鷲宮って、一人暮らしなんじゃないの……？」

学生の一人暮らしなんだから、小さなアパートとかワンルームマンションとか、そういうものを想像していた。地図アプリを頼りに辿り着いたそこは、見上げるほどの高さがある高層マンション。ファミリータイプの物件なんじゃないだろうか。

「おれも、住所見てこの辺なんだとは、思ってたけど……」

原くんも、これまで来たことはなかったらしい。

入口の自動扉を通ってすぐのインターフォンで部屋番号を押してみた。けど反応はなく、オートロックの扉はピクリとも動かない。

「住人が通るの待って、中に入ってみる？」

私の言葉に、花が「どうだろう」と渋った。

「敷地内に入れても、部屋にいなかったら意味ないよ」

一度マンションの外に出て、エントランスの入口が見える位置を陣取り、作戦を練り直すことにした。といっても、手持ちの情報はあまりに少ない。いっそ父親の鷹取浩一の事務所に押しかけては？　なんて案まで出始めていたそのときだった。

「――きみたち、もしかして鷲宮啓二くんのお友だち？」

ふいに声をかけられ、揃ってふり返ると四十代くらいの男性が立っていた。飾り気のないポロシャツを着ていて、やや伸び気味の黒髪、肩からはくたびれたトートバッグを提げている。会社員という感じはしない。

私たちが答えずにいると、男はおもむろに名刺を見せてきた。

「鷲宮啓二くんと話がしたいんだけど、連絡つかないかな？」

男の名刺には、見覚えのある週刊誌の名前があった。鷲宮の記事が掲載されていたのとは別の雑誌だ。男の肩書きは「ライター」となっていて、どうやら記者らしい。

「きみたちも、彼のことが気になるから来たんだよね？　あんな病気だなんて、心配だよね。彼の状況を改善するためにも、協力してくれないかな？」

その「心配」が口先だけのものだというのはすぐにわかった。鷺宮の病状を調べ上げ、鷹取浩一を叩く材料にしたいのだろう。

私たちは黙って顔を見合わせた。原くんの表情は見るからに険しく、花は何を考えているのかわからない顔をしている。そして私はというと、この記者らしき男をうまく利用できないかと考え始めていた。少し前の母の言葉を思い出し、利用できるものはなんでも利用すべきじゃないかと思ったのだ。

けど、そんな考えはその直後に吹っ飛んだ。

ふいに視界に入った、グレーのパーカー。

もう七月、午後五時近くでも日はまだ高く、気温も三十度はあるだろうに、長袖でフードまで被って顔を隠すようにして歩いてくる人物がいた。その手には、コンビニの白い袋。

そのフードの下、紫色の瞳がこちらを向いた。

「――鷺宮くん！」

真っ先に動いたのは、記者の男だった。

その声に鷺宮は弾かれたように駆け出したが、すぐに男に腕を掴まれてしまう。

「今度こそ、話を聞かせてくれないかな？」

そのときだった。

鷲宮と男のあいだにすばやく割って入った花が、男の手首を捻り上げた。

「痛っ……痛い、放せって！」

けど、花はそのまま男の身体をぐるんと回し、石畳の上に押さえ込んでしまった。

「未成年をこんなふうにつけ回して、いいと思ってるんですか？」

「何も、ぼくは違法なことは――」

「うちの父、警察官なんです。問題がないかは、警察に判断してもらいます」

男が顔を赤くして黙り、花はチラと私に目配せした。

私は呆然と立ち尽くしている鷲宮の腕を掴み、そして「原くん！」と声をかけた。

「逃げよう」

原くんも鷲宮の反対の腕を掴む。二人で鷲宮をほとんど引きずるようにして、その場をあとにした。


私たちは来た道を戻り、駅を通過してさらに歩いていった。

「久保山さん、置いてきちゃったけど大丈夫なのかな」

原くんが心配そうに言ったそのとき、花から連絡があった。記者の男は逃げたそうで、花もこちらに合流するという。原くんに教えてもらった目的地の住所をメッセージで送る。

「まさか、久保山さんのお父さんが警察官だなんて思わなかったよ」

「花のお父さん、公務員ではあるけど区役所勤務だよ」

花が護身術を習ったことがあるというのは聞いていた。けどまさか、咄嗟にあんなハッタリを噛ますとは。

花には、少し不器用なところもある真面目で優しいキャラというイメージしかなかった。あんな胆力があったなんて、人って本当にわからない。

原くんは呆気《あっけ》に取られたような顔になり、これまで黙っていた鷲宮が初めて口を開いた。

「さっきの久保山さんって誰？　っつーか、なんで紀田さんと諒が一緒にいんの？　諒、顔のそのケガ何？」

質問を重ねる鷲宮に、原くんは「色々あって」と答えを濁す。

鷲宮は汗だくになっていたが、パーカーを脱ぐことはせず、コンビニの袋からスポーツドリンクのペットボトルを取り出して口をつけた。この辺りはうちの高校の近くだし顔を出したくないのだろうが、熱中症にならないか心配になってくる。

「詳しい説明はあとでするけど。みんな、啓二のこと心配して来たんだよ」

原くんの言葉に、鷲宮は返事をしなかった。

そうして原くんが案内してくれたのは、とある団地だった。同じデザインの直方体の建物が整列するように並ぶ敷地内を歩いていき、ある棟の一階の部屋に辿り着く。郵便ポストに入れられていた鍵を使い、原くんは慣れた手つきで私たちを中に通した。

外観は年季が入っていたが、中はリノベーション済みなのか壁が白く、また余計な家具がないからか広々と感じられた。間取りは2DKだろうか。リビングとひと続きになっている奥の部屋は仕切りが取っ払われている。壁際には大きな本棚があり、書類が床の上に山積みになっていた。プリンターのあるパソコンデスク、あとはソファ。無造作に枕が置かれているし、おそらくソファベッドだろう。

原くんがエアコンのリモコンを捜し出してスイッチを入れ、冷気が吹き出し始めると鷺宮はようやくパーカーのフードを外した。

「ここ、何？　諒の家じゃないよな？」

鷺宮の質問に、原くんは「うちの父親の仕事部屋」と答えた。そういえば、原くんのお父さんはジャーナリストなんだっけ。

「使ってても大丈夫なの？」

「今、母親が田舎のばーちゃんの看病しててあまり家にいないんだ。だから父親もほとんど家で仕事してるし、使ってもらって問題ないよ」

原くんは、鷺宮をソファに座らせた。

「あのマンションにいても一人なんだよね？」

「まぁ」

「マスコミに声かけられること、よくあるの？」

「……この数日は、ずっとうちのマンションにはりついてる」

「それなら、落ち着くまでここ使ってよ」

原くんがそう言うと、鷺宮はパーカーのファスナーをおもむろに下げ、脱いだ。

パーカーの下は黒い半袖Tシャツで、現れた両腕を見て私と原くんは息を呑む。

その腕には、あちこちに紫斑があった。腕の側面、内側、手首にも。

「この数日で一気に増えた。……気持ち悪くね？」

その言葉に、在りし日の光希の姿が重なった。

手脚に広がった紫斑を隠すため、光希は学校では衣替えの時期になる前から、長袖の冬服と黒いストッキングを着用するようになった。けど、紫斑は次第に手の甲や首、最後には顎や額といった隠しようのない範囲にまで広がっていった。

——どんどん増えてるんだよね。気持ち悪いでしょ？

自虐するように笑った光希に、かつて私は何も答えられなかった。

けど、逢坂さんの写真で半袖のワンピースを着ていた光希は、映り込んだ紫斑も込みで、すごく綺麗だった。そんな光希が『あたし、こんなに綺麗だったんだ』と言っていたとも、逢坂さんは教えてくれた。

誰だって、自分のことを気持ち悪いと思ったままでいたくなんかない。

「気持ち悪いとか、そんなわけない」

かつて、光希にかけられなかった言葉を今度こそ口にできた。

原くんも、私に追随するように頷く。

鷺宮はそんな私たちに困ったように嘆息し、左目を擦った。紫色の瞳。

「今日はコンタクトしてないの？」

「コンタクトは、多分もうできない。……症状が進行してるせいかわかんねーけど、違和感がすごくて。文化祭のときも、結構ギリだった。もう痛くてコンタクト入れらんない」

そんなふうに、目にも違和感が出るなんて知らなかった。

光希のことをそばで見ていたこともあり、《ヴァイオレット・アイ》の症状をある程度は知っている自負があった。でも、実際はきっと症状にも個人差があって、私の知識なんてほんのわずかなもの。

原くんは鷺宮の前に回ってしゃがみ、その顔を覗き込むようにして問いかけた。

「今の症状は？　紫斑と目の違和感くらい？　ここから病院には通える？」

「まぁ、コンビニ行けるくらいには元気。つーか、通院はしてない。意味ないし」

光希は週に数度、学校帰りに市内の総合病院に通院しており、時には検査入院だと学校を休むこともあった。色々と薬を飲んでいたようだけど、《ヴァイオレット・アイ》の治療に特化した薬はないし、一時的に症状が緩和するだけで気休めでしかないと光希本人も言っていた。鷺宮が「意味ない」と言いたくなるのも、わからなくはない。

「もし啓二がよければ、だけど……うちの父親に、相談させてもらえないかな。《ヴァイオレット・アイ》関連のこと、うちの父親、詳しいんだ。先進的な研究をしてる病院とかも知ってると思う。だから――」

「ってかさ」

原くんの言葉を、鷲宮はちょっと強い口調で遮った。

「なんでそういうことしてくれんの？」

「え……」

「マスコミ追っ払ってくれたのも、ここ使っていいっていうのも、まぁ、正直助かる。けどおれ、学校もやめるし、誰かと繋がってんのも面倒でしかなかったからさ。諒も紀田さんも、ブロックしたじゃん。もう関係ねーだろ。こういうふうにしてもらえる理由、さっぱりわかんない。同情？　あ、紀田さんは死んだ友だちの代わりか」

その言葉に瞬間沸騰しかけた血は、すぐに熱を下げた。

鷲宮はわざと挑発するような言葉を選んでいる。それに、図星な部分もある。

だけど。

「光希に対して、後悔しかなかったから。今度は、そういう後悔したくないだけ」

「おれは、そんなの望んでない。それに、おれは紀田さんのオトモダチじゃない」

「そんなのはわかってる！　……別に、鷲宮を光希の代わりにしようと思ってるわけじゃない。光希は光希で、鷲宮は鷲宮だし。光希の方が、鷲宮よりよっぽど素直で性格いい」

「性格悪くて悪かったな」

ソファにふんぞり返った鷲宮の前に立つように、私は一歩前に出た。

「でも私は、鷲宮には色々感謝してる」

鷲宮は目を細めて私を見る。

「鷲宮に会わなかったら、私多分、まだ不謹慎メイクしてた。そのうち、学校に行くのもやめてたかもしれない。鷲宮のおかげで気持ちの整理もついた。だから、私も何かしたい」

「だから、おれはそういうのは――」

「鷲宮が望んでなくても関係ない。ほっとくのは嫌だ」

すると、原くんも口を開いた。

「おれも、似たようなものだよ。……小二のときのこと、覚えてる？」

「は？　小二？」

「うちの父親のこと、クラスの奴にバカにされてさ。おれの代わりに啓二が怒ってくれた」

鷲宮はポカンとしたような顔になって、原くんを見つめる。

「え……ちょっと待て。小二のときの、それが何？」

「おれは、あれからずっと、啓二のこと恩人みたいに思ってて……憧れてた。啓二は、ずっとずっと、おれにとってヒーローだったんだ。啓二にとっては、おれなんて、その他大勢の一人だってわかってたけど。おれは、啓二と、ずっと仲よくなりたかった」

気がつけば原くんは顔を真っ赤にしていて、最後の方は声がわずかに震えていた。

対する鷲宮はというと、なんだか困惑したような顔で後ろ髪を掻いている。

「なんかその、よくわかんねーけど」

あいかわらずストレートな物言いの鷲宮に、原くんは耳まで赤くして「ごめん」と返す。けど直後、鷲宮はわずかに語調を和らげて言葉を続けた。

「こっちから連絡先ブロックしておいてなんだけど。おれ、諒とはわりと仲いいと思ってたんだけど」

鷲宮の言葉に、原くんは「へ？」と顔を上げた。

「小学生の頃からずっと連絡取ってる奴も、年賀状を毎年送ってくる奴もほかにいねーし。お前よく、幼なじみとか言ってたじゃん。幼なじみって、仲いい奴とか友だちのことなのかと思ってた」

そんな言葉に、原くんは堪えきれなくなったように目元を潤ませて顔を伏せ、メガネを外して手の甲で拭った。

「なんだよ。お前、なんで泣いてんだよ」

「ごめん……ありがとう」

原くんはぐずっと洟を鳴らし、メガネをかけ直す。

「啓二は大事な幼なじみで、恩人だから。おれもできることをしたい。友だちだって思ってくれるなら、ブロックするなよ。一人になるなよ」

原くんの言葉に、私も続く。

「保健室の汐見先生も心配してたよ。それに、これも」

スクールバッグに入れっ放しにしていた文化祭のクラスTシャツを、鷲宮に押しつける。

「鷲宮のこと気にかけてる人、鷲宮が思ってる以上に多いんだからね！」

鷲宮は、そんな原くんと私を交互に見るようにして。

「……お前ら、マジでなんなの」

そう深々嘆息した。

「おれの孤独死計画、台無しじゃん」

本気か冗談かわからないことを口にして鷲宮は笑い、私と原くんが顔を強ばらせたのを見て笑みを引っ込めた。

それからほどなくインターフォンが鳴り、現れた花は鷲宮に自己紹介をすると宣言した。

「私は、咲織にとことん付き合うって決めてるから。同じクラスだし、よろしくね」

そして、私たちは鷲宮のスマホに改めて連絡先を登録させた。鷲宮は何度も「わけわかんねー」と呟き、そして「疲れた」とソファに横になった。

眠ってしまった鷲宮とその監視役として私が部屋に残ることになり、原くんは近くの自宅に着替えや食器などを取りに、花はスーパーに食材を買い出しに行くことになった。鷲宮が持っていたコンビニの袋には飲みものとゼリー飲料しか入っておらず、最近の食事はずっとそんな感じで済ませていたらしい。食欲がなくてもとれる限りは食事をとった方がいいという原くんの言葉もあり、夕食は季節外れの鍋に決まった。

幼い子どものように身体を丸めて眠っている鷲宮を横目に、私は部屋の掃除や床に散らばった書類の整理などをしていった。

目を覚まして鍋の準備が始まっていたら、彼はなんと言うだろう。

そして、少し前、鷲宮がさらりと口にした言葉を思い出す。

おれはそんなの望んでない。

孤独死計画。

背筋に冷たいものが走った。

鷲宮は、遠くない未来に訪れる死を、まっすぐに見据えている。

——不治の病に罹るのって、どんな気分？

鷲宮はこの数ヶ月、どんな気分だったんだろう。

私たちは医者じゃない。鷲宮の病を治すことはできない。それでもできることをしたい一心でここにいる。

どうしたら、そんな鷲宮に寄り添える？

――それから数時間後。

目を覚ました鷲宮は、予想どおり「この暑いのに鍋かよ」なんてぶつくさ言った。それから、料理が得意ではない花と原くんに代わって包丁を握り、白菜や人参をザクザクと切っていった。かつて母親と二人暮らしだった鷲宮は、「これくらいできる」と言う。

そうして鍋が完成した頃には、すっかり日が沈んだ。

同年代の友だちだけで鍋を囲むのは、学校行事の飯盒炊《はんごう》さんや調理実習などを除けば初めての経験だった。豆乳鍋は優しい味つけで、部屋の冷房が意味を成さないくらい暑くなったけど、汗を掻きながら「おいしい」と口にし合った。

鷲宮は豆腐やお麩《ふ》、とろとろになった白菜など、やわらかいものを選んで口にした。

「……豆腐って、案外うまいんだな」

そんなふうに呟いた鷲宮に、みんながホッとしたように表情を綻ばせた。

……けど、そのあと。

帰りの電車の中で、スマホで《ヴァイオレット・アイ》の情報を調べていた私は、鷲宮の言葉の真意を知って一人言葉を失った。

《ヴァイオレット・アイ》の症状の一つに、味覚障害があった。食欲がなくなる理由の一つには、それもあったのだ。光希もかつて、「味があまりしない」と話していた。どうしてそれを忘れていたんだろう。

積極的に食事をとろうとしない鷺宮にも、きっとすでにその症状が出てる。そんななかでも食感を楽しめたのが、豆腐だったのかもしれない。

鷺宮を医療に繋げた方がいいことはわかっていた。《ヴァイオレット・アイ》の患者だと認定されれば、国から医療費の補助が出る。金銭面はもちろん、きっとその方が症状の緩和にも繋がる。

けど、鷺宮は何度も「病院には行かない」と口にした。「意味がない」とも。

鷺宮の症状は、これからどんどん悪化する。今は自分で出歩けるし身の回りのこともできるが、いつかは一日のうちで起き上がれる時間の方が短くなる。

そんな鷺宮を、私たちだけで支えることなんてできるのか。

原くんは、《ヴァイオレット・アイ》に詳しい父親に相談すると言っていた。それで、なんらかの方針が決まるだろうか。

今夜は鷺宮とあの部屋に泊まると言って、原くんは家から寝袋も持ってきた。鷺宮を孤立させない、一人にしない。目下、私たちにできることは、それくらいなのかもしれない。

結局、大人に頼ることしかできないんだろうか。

私たちにできることは、ほかにないんだろうか。

◇◇◇

原くんのお父さんの計らいもあり、鷺宮はしばらくその団地の一室で過ごすことになった。団地はうちの高校からそんなに離れておらず、あの子ども食堂からも近かった。小学生の頃、鷺宮が住んでいたアパートもこの近くにあるんだとか。

梅雨も明けて本格的な夏が訪れ、日差しは毎日強かった。原くんが夏にも着られるメッシュ生地の長袖の上着を用意したが、鷺宮は炎天下を歩く元気はないのか、日中はほとんど部屋から出なかった。

「散歩とかしないの？」

そう訊くと、鷺宮はさも私の存在に今気づいた、みたいな目をし、ソファに仰向けになったままの姿勢で呟く。

「それ、意味ある？」

私と花、原くんは相談し、放課後は誰かしらが団地に顔を出せるように調整した。今日は花は家の用事で来られず、原くんは委員会の会議で遅くなるとのことで、ひとまず私が一人で顔を出した。

私はスクールバッグを部屋のすみに置き、ハンカチタオルで額の汗を拭う。高校からここまでは近いとはいえ少し距離があり、歩いてくると汗だくになった。

「世の中なんて、意味があってないようなものばかりでしょ」

私の言葉に、鷲宮は「あぁ、確かに」なんて応える。

「死んだら、みんなおしまいだしな」

またそういうことを言う、と思うだけで口にはせず、私は鷲宮のいるソファのそばにペタリと座った。ふくらはぎの裏に触れるフローリングの床が冷たい。少し離れた床の上には、鷲宮の着替えとノートパソコンが入った紙袋がそのままになっていた。

出不精な鷲宮の代わりに、数日前、私と原くんは鷲宮のマンションに行った。鷹取浩一を巡る報道は第二弾、第三弾と記事がアップされ、鷲宮の症状についてもあることないこと書かれる始末。騒ぎがいまだ収束する気配がなかったので、鷲宮はしばらくこの団地で過ごすことになり、私たちが必要な荷物を取りに行くことにしたのだ。

3LDKの広々とした部屋はやはりファミリータイプの間取りで、寒々しいほど生活感がなかった。閉じたままの段ボール箱が積まれ、カーテンすらつけられていない部屋がひと部屋。寝室には、丸まったブランケットのあるベッドと衣装ケースが一つ。リビングにはテレビがなく、へたったクッションが床の上に一つと、黒いローテーブルにノートパソコンがポツンと置いてあった。私たちはそのノートパソコンといくらかの着替えを紙袋に詰め、そしてキッチンに溜まっていた大量のゼリー飲料のゴミを捨てた。玄関にはビニール紐でまとめられた教科書やノートなどがあったが、手をつけずそのままとした。

原くんが鷲宮から聞いた話によると、鷲宮は母親が亡くなったあと、親戚宅に居候していたが折り合いが悪く、高校進学と同時に住み慣れた街に戻り、一人暮らしをすることにしたのだという。

その際、資金援助をし、一人暮らし用の物件を買い与えたのが鷹取浩一。

——広くていい部屋だし、十階で眺望もいいけどさ。高校生が一人暮らしするような部屋じゃないよ、ここ。

鷲宮の部屋を去り際、苦々しい顔をした原くんに同意しかなかった。マンションのほかの住人は、調べるまでもなくファミリー層ばかりだろう。それだけでも、十二分に居心地が悪いのは想像に容易《たやす》い。

マンションを去り際、郵便受けを確認すると、チラシなどに紛れて同じサイズの縦長の封書がいくつも届いていた。持ち帰ったそれを、鷲宮は中身を見もせずにゴミ袋に放った。

封筒の表面に印字されていた住所をこっそり調べてみたところ、鷹取浩一の個人事務所のものだった。鷲宮のことだ、きっとスマホの連絡先をブロックしたり着信拒否したりしていて、困った先方が手紙で連絡してきたのだろう。

中身を確認した方がいいのではと思いつつも、鷲宮の個人的な事情に踏み込むことはためられた。鷲宮に、父親のことを直接訊いたこともまだない。

鷲宮は以前、よく自分のことを「顔がいい」と口にしていた。そんな鷲宮の顔のパーツは、言われてみれば、鷹取浩一にそっくりだった。睫毛の長い目蓋、スッと通った高い鼻梁、形のいい唇。どれもこれもが、父親の遺伝子を濃く受け継いでいる。

鷲宮はどんなつもりで、自分の顔のことを言っていたのだろう。

そんな疑問を呑み込み、気怠げな鷲宮を無理やり散歩に連れ出すこともできず、私はスクールバッグを引き寄せた。取り出したホチキス留めの冊子を、鷲宮の眼前に突き出す。

「……何？」

鷲宮は面倒そうにしつつも冊子に手を伸ばし、中身をパラパラとし、最後に奥付を見て笑った。奥付には冊子の作成者として、私を含む何人かの生徒の名前が載っている。

「紀田さん、何やってんの？」

この数週間、各クラスで行われたディベートの内容などをまとめた冊子だ。まだ仮作成の状態だが、夏休み前には完成させたいと思っている。

「不謹慎メイクをしてた罪滅ぼし」

「それで？《ヴァイオレット・アイ》について、みんなで考えましょうって？」

鷲宮はからかうような口調で訊いてきたが、「そう」と真面目に返した。

「私たちはこの病気について、もっと知った方がいいし、考えないとダメだと思う。何も知らないのに、怖がるだけなのは嫌だから」

　鷲宮は「ふーん」と応え、上体を起こした。

「これ、読んでもいい？」

「もちろん」

　鷲宮はソファに体重を預けるような姿勢で冊子を読み始め、手持ち無沙汰になった私は、数学の課題を片づけることにした。

　花や原くんがいればおしゃべりが盛り上がったし、空気も明るくなる。けど二人だと何を話していいかわからず、黙ってただ一緒に過ごすだけのことがよくあった。鷲宮は昼寝をしたりスマホを眺めたりし、私は読書をしたり課題を進めたりする。元々鷲宮とは楽しくおしゃべりをするような間柄ではなかったし、そんな空気自体は悪くなかった。

「……どーも」

　十五分ほどで冊子が返され、鷲宮は私の手元を覗き込む。

「紀田さんは、今日も真面目だね」

　鷲宮の事情を母に伝え、帰りが遅くなる日が増えるかもしれないと伝えて了承は得たが、自分の勉強を疎かにしないことが条件となった。あと、困ったことがあればすぐに相談するようにとも。

「鷲宮が楽しいおしゃべりでもしてくれるなら耳を貸すけど」

「おれがそういうキャラに見えるか？」

というわけで、鷲宮はスマホで漫画を読み始め、私は引き続き課題を進めた。

数学の課題が一段落した頃、原くんが現れた。

「外、涼しくなってきたし、散歩に行こう！　ついでに夕食も買おうよ」

原くんは鷲宮をソファから立たせ、出かける準備をする。

原くんはここに初めて鷲宮を連れてきて以来、何かが吹っ切れたような顔になった。彼は躊躇《ちゅうちょ》なく面倒がる鷲宮の腕を掴んで引っぱり、私はマップケースを提げてそれについていく。大事な友だちと、光希とお揃いのマップケース。

「また地形図、持ってんのかよ」

毎日通っている学校からそう遠くない場所だが、通学路を逸れると知らない道ばかり。なので、私はこの辺りの地形図を印刷し、歩いた道には蛍光ペンでマーキングしている。

「地形図を見ながら歩くと、意外と面白いんだよ」

「全然わかんねー……」

「でも、記録するのはいいことかもよ」とは原くん。

「適度な運動を続けた方が、症状の進行が遅くなるらしいし。万歩計アプリを入れるとかさ」

鷲宮は肩をすくめ、「そうっすか」と小さく応えた。原くん相手だと、鷲宮は「それ、意味ある？」とは訊かない。

その日、散歩の途中でふと思いつき、「行きたい場所がある」と二人を案内した。

豊砂高校がある文教エリアのそば、住宅街の一角にある幕張舟溜跡公園《まくはりふなだまりあとこうえん》。かつては海苔の養殖の漁港だった場所を埋め立て整備されたという、野球場やテニスコートもある小さな公園だ。

もうすぐ午後六時、子どもの姿はもうなく、犬の散歩をしている人の姿がちらほらとあるその公園に向かい、私はそれを指差した。

「これ、なんだか知ってる？」

天を目指すようにすらりと立った、高さ五メートルほどのステンレス製の銀色のポール。足元にはしっかりした台座があり、一方の先端部分はマッチ棒のように膨らんでいて、丸みを帯びた部分は白い。

銀色のボディは周囲の景色を鮮やかに映し、夏の夕空色に染まっている。久しぶりに見たけど圧巻だ。

「何これ？」

鷲宮の質問に、胸をはって答えた。

「電子基準点。衛星からの電波を受信して、測量に使うものなんだよ。全国に約千三百ヶ所にしかなくて、学校の敷地内にあって近寄れないこともあるから、こんなふうに近くで見られるの、あんまりないんだよ」

高校に入学したばかりの頃、光希に誘われてこれを見に来たことがあった。光希は小学生の頃から三角点や基準点を探して歩いているような子どもで、今の私のような説明を興奮気味にし、そして言った。

「カッコいいよね！」

直後、鷲宮が噴き出した。

身体をくの字にし、口に手を当てているが堪えきれず笑いが漏れている。

一方、原くんはまじまじと電子基準点を見て、私をふり返った。

「紀田さんって、勉強熱心なんだね」

「いや、そういうことじゃなくて！」

鷲宮は何かがツボに入ったらしい。とうとうお腹を押さえてひぃひぃ笑いだす。

笑わせるつもりも二人に勉強をさせるつもりもなく、ただただカッコいいこれを見せたかっただけなのに……！

◇◇◇

なんだか憮然《ぶぜん》としつつも、私はここまで歩いてきた道のりも地形図上にマーキングした。

その週の日曜は七月七日、七夕で、昼前には鷲宮の部屋に私と花、原くんの三人が集合した。

原くんがどこからか持ってきた笹の枝を窓際に飾り、事前に相談していたのか、花が持参した折り紙で七夕飾りを作り始める。現在は中学生になった弟妹がいるおかげか、花はこういう飾りつけが得意で、去年の文化祭でも部室の飾りつけを一手に担っていた。

楽しそうに星や天の川などを作る原くんと花から離れ、鷲宮がキッチンにやって来る。

私は昼食の素麺作りを任され、準備していたところだった。

「七夕って、なんで素麺、食べるんだろうな」

鷲宮はそう疑問を口にし、冷蔵庫のそばの壁に凭れるとスマホで検索した。

「素麺を、織り姫が使う糸に見立ててるらしい。芸事——機織りがうまくなるようにって」

なるほど、と疑問を自己解決した鷲宮は、私の手元を覗き込む。

私は家から持参してきた抜き型で、ハムやパプリカを星形にしていたところだった。

「七夕っぽくていいでしょ」

鷲宮が腕を伸ばし、まだら模様のように広がった紫斑が視界に入る。鷲宮は星形にカットしたばかりのハムを一枚手にし、そのまま口に入れた。

「……味、する？」

鷺宮とはここで何度か一緒に食事をとったが、それを訊いたのは初めてだった。

鷺宮はなんでもない顔で「塩味がする」と応え、私に向き直る。

「紀田さんって、親が共働きとか、そんな感じ？」

「なんで？」

「あの二人より、包丁の扱いに慣れてる感じがする」

鷺宮は、笹飾りで盛り上がっている花と原くんの方を顎でしゃくった。

「中学生になるタイミングで親が離婚して、食事の準備、一時期手伝ってたんだ。家のことは私がやらなきゃって、はりきってたというか。まぁ、段々慣れてきて、お総菜買ったりミールキット使ったり、手抜きするようになって今はそこまでもないんだけど」

「へぇ」

なんとなく二人して黙り、今度は茹でて冷ましておいたオクラを輪切りにした。輪切りにしたオクラも星の形だ。

素麺が茹で上がると、鷺宮は黙って飾りつけを手伝い、「さすがおれ」と自画自賛した。

完成した七夕素麺は、カラフルな星がたくさんでかわいらしかった。花と私が七夕飾りと一緒にスマホのカメラに収めていると、鷺宮もスマホのシャッターボタンをタップする。

「鷺宮くんも、写真撮ったりするんだね」

花の言葉に、鷺宮は「確かに」なんて自分でも驚いたような顔になって応えた。

「写真なんて、久々に撮った」

せっかく七夕なんだからどこかへ出かけようと原くんが言い、人が多いところは嫌だと鷲宮がごねていると、この部屋の本来の主である原くんのお父さんが訪ねてきた。ここに居着いてからすでに何度か会っているらしく、鷲宮は「どーも」と原くんのお父さんにペコリと頭を下げる。

原くんのお父さんは夏らしいアロハシャツ姿でメガネ、ややぽっちゃりした体型の中年男性だった。いかにも人のよさそうな雰囲気で、同じジャーナリストでも、先日鷲宮のマンションの前で声をかけてきた記者とはまったく異なる。どちらかといえば細身の原くんと背格好こそ似ていないものの、目元と声はそっくりだった。

「悪いんだけど、みんなは三十分くらい、どこかで時間を潰してきてもらえないかな？」

鷲宮と二人で話したいことがあるらしい。

私たちは揃って部屋を出て、その足で近くのスーパーマーケットへ行くことにした。今日も今日とて、鷲宮に財布を押しつけられた。少し前、鷲宮が原くんのお父さんに、家賃だと言って数十万の現金を渡そうとした。原くんのお父さんは、息子の友だちからこんなふうにもらえないと断ったらしいが、それならと、ここでの食事などにかかる費用は全部持つと言い出したのだ。財布の中身を使わないと怒るので、最低限は使わせてもらうようになったけど。鷺宮のお金の管理はどうなっているのか、いまだにわからない。保護者に連絡しようと原くんのお父さんに言われ、鷺宮は自分で連絡すると言ったらしい。

私と花が日傘を差し、原くんは日陰を選んで歩いた。

「……うちの父さんには、そんなに期待しない方がいいよ」

原くんはそんなことを言い、足元にあった小石を蹴飛ばす。

「このあいだも啓二と二人で話して、医療機関に紹介するって言ったらしいんだけど、説得に失敗してた。文章を書くことはできるくせに、言葉を選ぶのがうまくないんだ。直球すぎて、地雷を踏み抜くタイプ。よく取材にも失敗してヘコんでる」

現在、鷺宮が自ら接触を断っていない大人は原くんのお父さんだけ。私たちが下手なアドバイスをしても鷺宮はろくに聞かないので、原くんのお父さんには内心期待していたのだけど、やはりそんなに簡単じゃないのか。

「でも実際問題、通院したとしてさ。それでよくなるものなのかな? どちらにしろ……みたいな感じだったら、鷺宮くんの気持ちも、ちょっとわかるかも」

花の言葉に、光希のことを思い出す。光希は通院こそしていたものの、紹介された県外の病院への転院は頑なに拒否した。大差なさそうだし、それなら家にいたい、と。最期は一ヶ月ほど入院し、病院で亡くなった。

「でも」と原くんが口を挟む。

「医療機関と繋がってるって大事だと思う。患者として登録されないと、公的な補助やサポートはまったく受けられないし。国内ではまだ大々的な治験は始まってないんだけど、そういう情報があったとしても、患者じゃないと届かない」

治験の情報は私も耳にして光希に教えたが、それがきっかけで口論となり、関係を断つきっかけとなってしまった。あとから詳しいことを調べたところ、募集は海外の医療機関で行っていて、日本からの申し込みには金銭面含め、様々なハードルがあった。光希は私なんかより、よっぽど詳しい情報を知っていたに違いない。

当事者じゃない人間が集められる情報には限界がある。よかれと思って伝えたことが、当事者の負担にしかならないことはあまりに多い。光希のときにそれを痛いほど思い知った。同じ轍《てつ》は踏みたくない。

到着したスーパーにも笹飾りがあちこちにあって、入口には願いごとを書ける短冊飾りもあった。花と原くんは願いごとを書いてくくりつける。きっと鷲宮に関することだろう。私も短冊を手にしたものの、何も書けず結局箱に戻した。

スーパーマーケットから戻ると、すでに原くんのお父さんの姿はなく、リビングのテーブルには医療機関のものらしいパンフレットと、国による公的補助の説明をプリントアウトしたものなどが積んであった。鷲宮はそれらに背を向け、ソファで身体を横にしている。

今日の鷲宮は涼しげな七分丈のパンツを穿いていて、こちらに向いたふくらはぎには、くっきりとした紫斑が浮いていた。

団地に戻る途中、原くんのスマホには、すでにお父さんから、今日も説得できなかった旨のメッセージが届いていた。

《説明は色々したけど、頷いてはくれなかった》

鷲宮が一度だけ口にした、孤独死計画、という言葉を思い出す。

鷲宮は、本当にそれを望んでいるんだろうか。

誰にも迷惑をかけたくないからとか、そういう理由は思いつく。

でも鷲宮のそれは、なんとなく違う気がする。

持っていたエコバッグでつつくと、鷲宮はピクリと反応した。

「早めに夕飯食べてさ、日が暮れたら出かけよう」

そう声をかけると、鷲宮はこちらを向いた。

「出かけるって、何」

私たちは目配せし合い、「じゃーん」と買ってきたものを見せた。


カレーを作って、午後六時頃にみんなで食べた。カレーは辛口で私はすぐに舌が痺れたけど、鷲宮は珍しく完食した。

鷺宮は味覚をあまり感じないらしかったが、匂いや舌の刺激はわかるとのことで、香りや辛みが強めのものだと食が進むようだった。実は私は辛いものが得意じゃないのだけど、しょうがないので付き合っている。涙目になっていたら鷺宮に笑われた。

そうして午後七時前、ようやく日が暮れようかという頃に、私たちは花火のパックとバケツを抱えて部屋を出た。途中までバスに乗り、そのあとは徒歩でこの辺りでは一番大きな幕張海浜公園の中を通った。海の方まで行くなら通ろうと、原くんが提案したのだ。

「――あ、ほら、あれ」

原くんは事前にネットで調べていたらしい。公園の広場には大きな笹飾りがあって、ライトアップされていた。大小様々な笹飾りや短冊が照らし出され、夕闇の中で色鮮やかに浮かび上がっている。

『志望校に合格できますように』

『これからも、たっくんと一緒にいたいです♡』

『おばあちゃんの病気が治りますように』

『いぬをかいたいです』

短冊には大人のものらしい整った字もあれば、いかにも子どもが書いたようなひらがなのみのものもあった。色んな人の願いごとを山のように纏った笹飾りは、なんだか重たい。

短冊の記入台もあったが、鷺宮が無視してさっさと行ってしまったこともあり、今回は誰も書かずにその場をあとにした。

そうして公園を抜け、椰子《やし》の木が並ぶ海沿いの大通りに出、暗い駐車場や緑地帯を越えると、唐突に視界が開けて砂浜に出た。

夜の砂浜は、実は私は初めてだった。

遠くに工業地帯があるのがわかるが、ほかに目立った光源はない。闇に沈んだ空と海の境界は曖昧で、砂浜に目をやると砕けて白くなった波頭だけが際立って見える。頭上に広がった夜空にはちらほらと星はあるが、その光はあまりに頼りない。半月の白い光だけが、いやにくっきりと見えた。

つい先ほどまで、知った街を歩いていたというのに。唐突に現れた深い闇に、別世界に迷い込んだような、自分の小ささを実感させられるような感覚があった。

そのとき、パッと鋭い光が視界に飛び込んできて我に返る。

「ここ、遊泳禁止だから、海開きとかないんだね」

花がスマホを見ていた。周囲を窺うも、ほかに人の姿はない。

こうして、私たちはスマホの明かりを頼りにさっそく花火を広げ、小さな砂山を作って風除《かぜよ》けにし、蝋燭《ろうそく》に火をつけた。どれからやろうと話し合うこともなく、それぞれ好き勝手に手持ち花火を選ぶ。

「打ち上げ花火とかねーのかよ」

いきなり手持ち花火三本に着火した鷲宮が、円を描くようにふり回しながら訊いてくる。

「大きな音が出て通報されたら困るから、買わなかったんだよね」

花が火をつけた花火からは、シューッと音を立てて火花が噴き出した。

「これなら買ったけど」

そう原くんが火をつけたのは蛇玉で、「地味だな」と言いながらも、鷲宮は愉快そうに目をやる。

「あ、じゃあこれは？」

私はネズミ花火に火をつけ、躊躇なく鷲宮の方に投げた。

「あっぶねーな！」

「鷲宮が刺激を求めてるふうだったので」

「こっちにも寄越せ、勝負しろ」

鎮火した花火をバケツに突っ込み、鷲宮もネズミ花火を手にしたので私は逃げ出した。

鷲宮は私を追いかけて駆け出したが、少しして何かに足を取られたようにつんのめり、砂浜の上で引っくり返った。

すぐに起き上がるかと思いきや、仰向けに倒れたまま動かないので心配になってくる。

ここまで来るのにもかなり歩いたし、体調に差し障ったのでは。

「鷲宮……鷲宮、大丈夫？」

駆け寄って声をかけるも反応がなく、夜の闇のせいでその表情は見えない。

花たちがいるところから少し離れてしまった。二人を呼んだ方がいいか迷いつつ、そばにしゃがんで「鷲宮」ともう一度名前を呼んだ次の瞬間。

ぐいと腕を引かれ、バランスを崩した。

咄嗟に地面についた両手は砂で滑って身体を支えられず、私は勢いよく鷲宮の上に倒れ込んだ。

鷲宮の胸板に顔面を強打し、鼻先がジンとする。体勢を変えようと動いたらその胸に耳を当てるような形になり、思いがけず聞こえたのは鷲宮の心臓の音だった。

鼓動が速い。

そして、触れた鷲宮の身体は体温が高く、汗の匂いが混じったその体臭に、生々しいほどの〝生〟を感じた。

「はは、騙されただろ」

鷲宮の声が頭のすぐそばでする。

喉仏が動く。

その吐息が額にかかる。

胸板が上下して、うっかり滲みかけた視界もそれに合わせて動いた。

鷲宮は生きていた。

生きて、呼吸して、ここにいる。

なのにそれが近い未来に、失われるらしい。

光希のように、失われる。

「……おい、紀田さん？　どっか打った？」

反応のない私に不安になったのか、鷲宮が上体を少し起こした。

私は慌てて鷲宮から離れ、砂の上に座り込んだまま、目の前の鷲宮と対峙した。

「大丈夫か？」

夜の闇に目は慣れてきたけど、やっぱり鷲宮の表情は見えなかった。その紫色の瞳すら視認できない。

けど、その声音から、心配してくれているのはわかる。

鷲宮は、なんだかんだで優しい。

突き放そうとするくせに、結局その誰かを心配せずにはいられない。

そういうのが鷲宮で、そういう鷲宮だから放っておけなくて。

——だから、私は。

私が平気だと言うように頷くと、鷲宮は身体についた砂を軽く払い、立ち上がってこちらに手を差し出した。

「大丈夫なら立てよ」

口を開いたら余計なことを言ってしまいそうで、何かが込み上げてしまいそうで。

私は黙ってその手を掴んだ。

ざらついた砂の感触を手のひらに感じつつ、ギュッと力を込める。

鷲宮の手は、今日もやっぱり冷たかった。

強く強く握って、私の手の熱が鷲宮に伝わればいいと思う。

二人の手の境界が曖昧になればいいと願う。

……大丈夫じゃなかった。

私は全然、大丈夫じゃない。

この手を、鷲宮の手を、ずっとずっと握っていたい。

なのに、それは叶わない。

確かに、ここに存在しているのに。

この手を握れなくなる日が、そう遠くない未来に訪れる。

私が握った手を見つめたまま動けずにいると、視線を感じた。

鷲宮とはただの友だち。こんなふうに手を握られて、変に思われたのかもしれない。そう考えるとにわかに不安になった、けど。

「……あっち、戻るぞ。火もつけらんねーし」

鷲宮は私の手を離そうとはせず、なんでもない口調でそう言った。

少し視線をずらすと、鷲宮の繋いでいない方の手にはネズミ花火があった。なのに、マッチやライターなどの着火できそうなものは持っていないらしい。なんのために私を追いかけ、引っくり返って砂だらけになったのかと思ったら笑えた。

笑った私に、鷲宮はいかにもホッとしたように嘆息して歩きだす。いつもは歩くのが速くて追いつくのに苦労するのに、今は歩幅を合わせてくれている。

ザク、ザク、と砂を踏みしめる音に、胸の鼓動が重なる。

鷲宮は今、どういうつもりで私の手を握っているのだろう。

もっとこうやっていられたらと思ったけど、その時間は一分にも満たなかった。

「二人とも、砂だらけで何やってたの？」

花に訊かれ、鷲宮は身体の後ろで繋いだ手をパッと離し、「砂遊び」と答えた。


花火をやり尽くし、私たちは帰路に就いた。時間も遅くなっていたし、私と花はその足で近くの海浜幕張駅から帰ることにし、ゴミの処分は男子たちに任せることになった。

駅前まで送られ、「じゃーね」といつもの調子で声をかける。

「また明日」

明日は月曜日。また学校帰りに、鷲宮に会いに行くつもりでいた。

すると、鷲宮は私だけじゃなく、花と原くんの方も見て言う。

「別に、毎日来なくても平気なんだけど」

そして鷲宮は、あくまで軽く「すぐに死ぬわけじゃねーし」などとつけ加える。

にわかに空気が凍りかけたけど、私はそれを無視して明るく応えた。

「どうせやることないし、暇だから」

「そっすか」

「私の顔、見飽きたって言うなら別だけど」

すると、鷲宮は小さく笑う。

「多分、まだ見飽きてはない」

私の胸はドキンと鳴り、すぐに苦いものが広がった。

鷲宮の心臓の鼓動を聞いてから、くり返しくり返し考えてしまう。

あと何度、こんな言葉を交わせるのか。

こんな顔を見られるのか――

そんなことばかり考えていても、どうにもならないのに。

私たちは、いつもどおり軽く手をふり合って別れた。

未練を断ち切るように、平静を装うように踵を返す。さっきの鷲宮の顔を忘れないようにしようと、胸の内で考えていたそのとき。

「――咲織！」

背後からぐいと右手首を掴まれ、体勢を崩しそうになって踏み止まった。

鷲宮だった。

数歩先に行っていた花も、離れたところでバケツを持っている原くんも、何事かという顔で見ている。

慌ててこちらに引き返したのか、鷲宮はわずかに呼吸を乱し、手首を掴む手にさらに力を込めた。これまであまり見たことのなかった、真剣な眼差し。その額には、払い損ねた砂粒がはりついている。

少しでも目を逸らしたらどうにかなりそうな、そんな危うさのようなものを感じ、そっと問いかける。

「……鷲宮？」

鷲宮は見るからにハッとし、動揺したように視線を泳がせた。

そして、気持ちを落ち着けるように深呼吸して目を伏せると。

「悪い……忘れもの、あった気がして」

私の手首を放した。

圧迫されていた血管が開放され、手首をどくどくと血が流れる。

「忘れもの？」

「でも、なんでもない。気のせい、みたいな」

鷺宮は一歩下がり、いかにも作ったなんでもない顔で、つい先刻と同じように小さく手を上げた。

「また、明日」

くるりとこちらに背を向け、待っている原くんの方に去っていく。

「……鷺宮くん、なんだって？」

花に訊かれ、答えに困った。鷺宮と原くんはどんどん遠ざかり、やがて曲がり角に差しかかって見えなくなる。

「忘れもの」

「忘れもの？」

「でも、気のせい、だって」

私たちも駅の方へ足を向ける。

……初めて名前で呼ばれた。

私の名前、覚えてたんだ。

そのことになんの意味があるのか、それとも意味なんてないのか。

掴まれた手首に、反対の手でそっと触れた。いつまでも掴まれた感触が残っているようだったのに、肌の表面は思いのほか冷たく、もう何も残っていなかった。

東京湾沿いの高架を走るJR京葉線は、あまり風に強くない。防風柵が設置され、昔よりはだいぶ運休率が下がったらしいが、それでも台風のような嵐ではどうしようもない。

◇◇◇

『本日は予報どおり台風の接近が見込まれているため、午後は休校となります。生徒のみなさんは、速やかに帰宅の準備を……』

昼休みになって早々、校内にもそんな放送が流れた。京葉線が運休しそうなときは、早めに帰宅するよう促されるのがお決まりのパターンだ。

「予想、当たったでしょ」

スマホで天気予報を見ていた花が呟く。台風が関東に接近するという予報は数日前から出ていて、上陸こそしないものの、今日は夜にかけて大嵐になるとの予報だった。今朝の時点で、「きっと午後は休校になるよ」と花は予想していたのだ。

おにぎりを頬ばっていた私も、慌てて残りを口の中に詰め込んだ。教室はたちまちざわつき、直後、学年主任の梶山先生が顔を出し、「帰りのホームルームは十三時から！」と伝達して去っていった。十五分後だ。

教室内は朝から湿度が高く、冷房がついていても不快指数が高かった。私は近くの結露した窓に、指先で線を引いた。朝はそこまででもなかったが、外は思っていた以上の土砂降りになっていて、時折風に煽られて雨の筋が流れる。

……鷲宮、どうしてるかな。

花火のあとのことが引っかかって、今週は毎放課後、鷲宮のところに顔を出した。私を迎える鷲宮はいつもどおり、クールな顔で言葉数は多くない。何かあれば、「紀田さん」と私を呼ぶ。下の名前で呼ぶことはしなかった。

昨日の夜には風こそなかったものの、すでにしとしとと雨が降り出していた。鷲宮は散歩の代わりだと、私と花を駅まで送ってくれた。

——明日は、来なくていいぞ。

並んで歩いていたとき、鷲宮は私の傘に自分の傘をぶつけて言った。

——電車、止まったら帰れなくなるし。

あの団地の部屋から、原くんの自宅は近い。何かあれば諒を呼ぶから問題ない、と鷲宮はつけ加え、私は頷いた。

……けど、なんだろう。

胸騒ぎ。虫の知らせ。悪い予感。

台風が接近しているから、というのはわかる。

けど、そう。

鷲宮が自分から「来なくていい」なんて言ったの、初めてだ。

バタバタした空気のなか、帰りのホームルームが行われ下校となった。外の雨は横殴りになっていて、私はロッカーにしまってあったレインコートを制服の上から羽織る。生徒たちで混雑する下駄箱まで花と一緒に向かったものの、昇降口で伝えた。

「私、鷲宮のとこ行ってみる」

「え、今から?」

鷲宮のところに行くなら、正門ではなく裏門の方が近い。花と別れるならここでだった。

「それならついてくよ」

「でも、京葉線止まったら、花は帰るの大変でしょ。私はいざとなったら、バスで途中まで帰れるし」

渋る花に手をふり、雨の中を駆け出した。

ビニール傘は少しして風に煽られて引っくり返り、早々に役に立たなくなった。レインコートの紐を引っぱって襟元を締め、駆けて駆けて駆けて。

団地に到着した。

外から見たが、部屋のカーテンは引いてあって中は窺えない。けど、電気が消えているのがわかり、嫌な予感がたちまち膨れ上がった。

インターフォンを押してみる。ポーン、という音が響くも、中から反応はない。

……出かけてる?

出かけるときは、ダイヤル錠のついた郵便受けに鍵を入れておくことになっている。入口のそば、雨風の吹き込む集合ポストまで戻り、すっかり濡れてふやけた指でスマホを操作し、郵便受けの中をライトで照らした。

……鍵がある。

「紀田さん！」

私と同じように骨の折れたビニール傘を持ち、レインコート姿の原くんが駆けてきた。

「久保山さんから連絡もらって。紀田さんが、こっち来てるって」

「鷺宮が……鷺宮から、連絡なかった？」

「ない、けど。何かあった？」

原くんはポストの中を見ると、ヒュッと息を呑んだ。

鷺宮はスマホの電源を切っているのか、メッセージを送っても未読のままだし、電話も通じなかった。こんなこと、これまでなかった。

手分けして捜すことにし、原くんは鷺宮のマンションに、私はこの団地からそう遠くない、子ども食堂をやっていた地区センターに行ってみることにした。

適宜連絡を取り合う約束をして原くんと別れ、再び雨の中を走った。レインコートの表面を雨粒が打ちつけ、じっとりと濡れたひだスカートの裾は重たく足に纏わりつき、前髪は額に貼りつく。一方でレインコートの内側は熱がこもってサウナのように蒸し、肌にはじっとり嫌な汗が浮かんだ。

ここにいますようにと、半ば祈るような気持ちで辿り着いた地区センターは、入口のドアに鍵がかけられていて、明かりも点いていなかった。閉まってる。こんな天気だし、早めに閉めて職員を帰したのかもしれない。

建物の外をぐるりと回って窓から中を覗いたけど、鷲宮はいなそうだ。

鷲宮のマンションには、原くんが向かってる。ほかに、鷲宮が行きそうな場所は……。

スクールバッグから、マップケースを取り出した。ビニール製のケースは雨粒を弾き、水滴はレンズのようになって中の等高線を拡大する。鷲宮と一緒に歩いた、この周囲の地形図。団地の周囲の道は、ほとんどが黄色く塗り潰されている。その中に、団地から最も遠いところまで伸びている黄色いラインがあった。

……どうせ、鷲宮の考えなんて私にはわからない。

マップケースの紐を首から提げ、額の雨を手のひらで拭い、私はまた駆け出した。

途中で海浜幕張駅行きのバスを見つけ、びしょ濡れの私は運転手さんに嫌な顔をされながらも乗車できた。そうして帰路を急ぐ人で溢れた駅前で下車し、幕張メッセやマリンスタジアムなどのある海方面へと歩いていく。

風はますます強くなり、歩道に等間隔に植えられた椰子の木が枝を同じ方向になびかせ揺れていた。通りを走る車は少なく、時折ヘッドライトを点けたバスに追い抜かれる。地形図でざっと目算し、駅から一・五キロほど歩いたところで目的の場所に辿り着いた。

車の停まっていない空っぽの駐車場。アスファルトの地面にはあちこちに大きな水溜まりができていて、すでにぐしょぐしょになっているスニーカーをさらに重たくした。木々で鬱蒼とした緑地帯に踏み込むと雨はわずかにマシになったものの、ごうごうという風の音が強く、世界の終わりに突き進んでいるような錯覚に陥る。ふやけた手足の指は冷たく、感覚が麻痺していた。吹きすさぶ風には砂粒が混じっているのか、頬に当たると痛かった。

……こんなところに、いなければいいと思う。

嵐の日にこんな場所に来るなんて、バカのやることだ。

そう思いながらも、前へ前へと進んでいって。

視界が開けた。

頭上に広がる灰色の空では、分厚い雲がすごい勢いで流れていた。風に煽られた雨粒のカーテンが空を舞い、辺りの木々に、私に打ちつける。砂浜はどこもかしこも色を濃くし、所々に水溜まりができていた。打ち寄せる波は荒々しく、先日見た静かな夜の海が嘘のような轟音を辺りに響かせる。波頭が砕け、しょっぱい水が飛んできて目に染みた。

こんな日に海に近づくなんて、本当にどうかしてる。どうかしてると思うのに。

鷺宮を見つけてしまった。

鷺宮は見慣れたメッシュ生地の上着を羽織り、片膝を立てて大きな岩に腰かけ、微動だにせず波間を見つめていた。

「鷺宮ーっ！」

叫んだけど、私の声はすぐに雨風と波の音に掻き消されてしまう。

……あぁもう、本当に、なんなの。

湿った砂浜は、ぐしょ濡れのスニーカーだと本当に走りにくかった。何度も足を取られ、何度もつんのめりながら、どうにかこうにか前に進んで行く。

「鷺宮……鷺宮！」

手脚の感覚だけでなく、顔の表面もすっかり冷えていて唇がうまく動かなくない。口の中がしょっぱくて砂っぽい。

「鷺宮、鷺宮、鷺宮！」

こんなに声を出しているのに。

こんなに名前を呼んでるのに。

こんなにびしょびしょなのに。

鷺宮は、こっちを見もしない。

見てよ。

気づいてよ。

私のこと呼んでよ。

「けいじぃぃぃっ！」

叫んで、駆けて。

手を伸ばした。

鷲宮がこちらをふり返る。

その腕を掴んだ。

掴めた。

「……見つけ、た」

私の呼吸はすっかり上がっていて、心臓はバクバクと音を立て、視界はぐるぐると回り、気を抜いたら吐いてしまいそうだった。鷲宮にしがみついたまま、その場に膝をつく。すでにびったりと濡れている膝が、湿った砂にめり込んだ。体中に打ちつける雨滴に紛れ、顔から汗だかなんだかわからないものもボタボタと落ち、こんなに全身ずぶ濡れだというのに、喉の奥が乾いてヒリヒリと痛む。

ゆっくり顔を上げると、傘もレインコートもない鷲宮は私以上のずぶ濡れで、元々白かったその顔は青く、唇はほとんど紫色だった。髪はぺったりと額に貼りつき、身体は冷えきっているのか硬直したようになっている。

左右の色の異なるその瞳が、なんだか呆然としたように私を捉えた。

「……んで」

「何？」

血色の悪くなっている唇が、ゆっくりと動いた。

「なんで、いんの？」

「そ……そんなの、こっちの台詞《せりふ》だし！」

大きな声を出したら思いっきりむせ、咳き込んだ勢いで両目から涙が飛び出す。私はこんなに必死なのに。鷺宮は困惑したような目を向けてくるばかりで、そのことにまた私は熱くなって声を荒らげる。

「なんなの？　なんでこんなとこいんの？　嵐の日に海に近づくとかバカなの？　すっごい心配して、それで、それで――」

続く言葉は口にできなかった。

その前に、鷺宮に抱き寄せられたから。

「……咲織」

名前で呼ばれてドキリとした直後、背中に回された腕の力が強くなる。

濡れそぼって冷えきった鷺宮の身体は細かく震えていた。その細い背中に私も腕を回し、さすって抱きしめ返す。

「……鷲宮、帰ろう。風邪引いちゃう。身体によくないよ」

けど、鷲宮は私の肩に顔を埋めたまま動かない。

「ねぇ、鷲宮……」

「死にたかったんだ」

こんなに濡れそぼって冷たくなっているのに、鷲宮の吐息は熱かった。

「死のうと思ってたんだ。一人で。誰にも気づかれないまま死んで、何日か経ってから遺体が発見される。かわいそうな高校生。父親は何やってたんだ——そんな嫌がらせでも最期にできればいいかって、思ってたんだ」

家族はいないし。

誰にも必要とされてないし。

心配してくれる人もいないし。

「なのに……なのに！」

鷲宮は、縋《すが》りつくように私をさらに強く抱きしめた。

「なんで、おれのこと見つけんだよ。今日だって……普通、こんなとこ来ないだろ……」

嵐の轟音の中でも、押し殺したような嗚咽は耳に届いた。

背中をさすっていた手で、鷲宮の頭を抱き込む。

「諒も、仲よくなりたかったとかわけわかんねーし。久保山さんなんか、同じクラスってだけで関係ねーだろ。お前だって……おれに付き合ったっていいことないの、知ってるくせに。おれは、細川さんと同じようになるって、わかってんだろ。なのに——」

「鷲宮、もういいから」

「なんにもよくねーよ！」

鷲宮の悲痛な声は、吹きすさぶ風にすぐに掻き消された。

あんなに冷たくなっていた私の頬も、気がつけば熱いもので濡れている。

「こんなはずじゃ、なかったんだ」

すっかり冷たくなった手のひらに、鷲宮の震えが伝わってくる。

「心配なんて、すんなよ」

私の身体も腕も手も、鷲宮を受け止めるにはあまりに小さい。

「おれ、もうすぐ死ぬのに」

そして、鷲宮は嗚咽混じりに吐き出した。

「お前らいたら、死にたくなくなんじゃん……！」

アナザーサイド④　ある女子生徒の真

花を迎えてくれた光希の母は、前回——四ヶ月前に光希の葬儀で挨拶したときよりも、十歳くらい老け込んだように見えた。髪は白髪の方が多く、元々細い人ではあったが、さらにひと回り小さくなったように見える。

「散らかっていて、ごめんなさいね」

「いえ……」

玄関から続く細い廊下には、ゴミ袋や新聞の束などが積んであり、謙遜ではなく家の中があまり片づいていないようだった。

約半年ぶりに訪れた光希の家は、とっても静かだった。

今年の一月、とうとう学校に来なくなった光希を、花は一人で見舞った。そのときは、こぢんまりした一軒家はとてもにぎやかだった。ベッドから身体を起こせない祖母が大きな音でテレビを流し、人を呼び、父親がそれに駆けつける。

——ごめんね。うち、こんな感じだから、あんまり人、呼びたくなかったんだけど。

自室のベッドに腰かけた光希は肩をすくめた。

光希の祖母は寝たきりで、在宅で介護をしているのだという。父親は数年前まで会社員だったが、交通事故で足が不自由になってしまい、それをきっかけに退職。それからは母親が家計を支え、父親と光希が協力して家事と祖母の介護をこなしていたのだと聞いた。

光希が放課後になるなり飛び出すように帰宅したり、土日の誘いに乗らなかったりすることはよくあった。咲織には「光希は家が大変だから」となんとなく事情は聞いていたものの、こんな感じだとは知らなかった。

――まぁ、週に何回かはヘルパーさんも来てくれるし、家事も介護もあたしが全部やってるわけじゃないんだけどさ。

光希はちょっと遠い目になって呟いた。

――あたしがいなくなっても、大丈夫かなぁ……。

そして、本当に光希がいなくなって四ヶ月。

寝たきりだった祖母は光希が亡くなってすぐ、数週間後に息を引き取ったという。元々精神的に不安定だった父親は、現在入院中。そして、家には母親だけが残された。

仏壇に手を合わせ、リビングで出されたお茶をもらっていると、光希の母は苦笑した。

「みんないなくなっちゃって、なんだかぷっつり糸が切れちゃって」

花が反応に困っていると、光希の母は「ごめんなさいね」と席を立った。

「光希の病院の資料、見たいんだっけ？」

「はい……あの、なんか、大変なときにすみませんでした」

花が改めて頭を下げると、光希の母は「いいの、いいの」と笑った。

「この辺のパンフレットとかも、捨てようか迷っていたところだったから。役に立つなら持っていって」


一昨日、台風が日本列島に接近していた金曜日の晩。原くんから連絡があった。

鷲宮くんが姿を消したが、無事に見つかったという報告だった。

『ごめん、私、一人だけ帰っちゃって』

やっぱりあのとき、咲織についていけばよかった。

鷲宮くんは、先週花火をしたあの海岸で咲織が見つけたそう。二人とも酷いずぶ濡れで、原くんのお父さんが車を出し、なんとか団地の部屋まで連れ帰ったという。

『啓二は見つかったし、結果的には、久保山さんは帰って正解だったかも。おれもちょっと風邪っぽいし、動ける人がいてよかった』

患者登録しないとわからない情報がある。そんな話を聞いて、花は光希の家に連絡をし、約束を取りつけたところだった。光希が入院したときの話などを聞いて、鷲宮くんにも参考にならないかと思ったのだ。

光希の家に行くとなると動揺するだろうし、咲織にはギリギリに声をかけようと思っていた。鷺宮くんがいなくなったのは、そんな矢先のことだった。

雨風に晒《さら》された鷺宮くんは高熱を出し、寝込んでいるという。その結果、原くんのお父さんの紹介で訪問診療を受け、皮肉にも鷺宮くんが拒否していた医療機関と繋がることとなり、患者登録をする運びとなったらしい。

『咲織は？』

『啓二につきっきり』

ずぶ濡れになった咲織も微熱はあったが、ずっと鷺宮くんについていて動かないらしい。連絡を受けた咲織のお母さんが迎えに来て連れ帰ろうとしたが、絶対に嫌だと泣いて抵抗したという。仕方なく、咲織のお母さんは着替えと差し入れを置いて、一度帰ったそうだ。

光希のときもそうだったなと、花は思い出す。光希が《ヴァイオレット・アイ》を発症して以来、咲織は学校では終始くっついて世話を焼き続けていた。過保護すぎる、と光希に時たま鬱陶しがられるくらいに。

咲織はそうやって自分自身を追い詰め、最後は光希と衝突して殻に閉じこもってしまった。同じようなことにならないよう、だから今回、花は咲織について鷺宮くんに関わろうと決めた。自ら辛い選択ばかりする咲織に、今度こそついていたかった。

咲織のために、鷺宮くんのために、花にできることはどれくらいあるんだろう。

原くんから連絡があった翌日の昼前、花は咲織に電話をかけた。その声は明らかに元気がなく、「原くんからおおよそ聞いた」と伝えると、咲織はぐずっと洟をすすった。

『私、甘かったんだと思う』

咲織は時折声を詰まらせながら、ポツポツと話した。

鷺宮くんは、ずっと一人で死ぬつもりでいたこと。けど心配する咲織たちのおかげで、「死にたくなくなった」と漏らしたこと。

『光希のときみたいに、会えないまま、いつの間にかいなくなられるのが嫌だった。だから放っておきたくなかった。できることをしたかった。……でも、でもさ』

咲織はそこで声を震わせた。足音がし、部屋を移動したのかドアを開閉する音がする。眠っている鷺宮くんから離れたのかもしれない。

『本当は私だって、鷺宮にいなくなってほしくなんかないんだよ。光希にだって、生きてほしかった。でもそれ、本人に言えないじゃん。それに、このままだと……。鷺宮が本当に死にたがってたなら。なんにもしない方が、よかったのかな』

気がつけば花の視界も揺らめいていて、溢れそうになったものを呑み込んだ。

花は、鷺宮くんの言葉を直接聞いたわけじゃない。

鷺宮くんの事情だってよく知らない。

下手な慰めなんかできない。

だけど。

「咲織といるときの鷺宮くん、楽しそうだったよ」

クールな鷺宮くんの表情がほろりと解ける瞬間を、花は何度も目にした。

こんなふうに笑う人なんだなと、意外に思った。

二人のやり取りを見て、ちょっと羨ましいなと思ったこともあった。

「何もしない方がよかったなんて、そんなこと、絶対ないよ」

声を押し殺したような嗚咽が聞こえ、花も堪えきれず指先で目元を拭った。

誰かを想うのも、誰かを失うのも、なんてしんどいことなんだろう。

このしんどさがいつまで続くかはわからなかった。それどころか、もっとしんどい状況になる可能性の方がずっと高い。

それでも、途中でそれを投げ出すようなことはもうしないと、咲織も花も誓ったのだ。

「私も力になるから。私も、やれることはやるから」

咲織は何度も『ありがとう』と言い、通話を切った。

光希の母が花にくれたのは、入院のしおりといった一般的な病院のパンフレットと、《ヴァイオレット・アイ》の治療に関する公的なサポートなどがまとめられた冊子類だった。

《ヴァイオレット・アイ》に関する治療は、原くんが言っていたとおり、国内の病院であれば公的なサポートを受けられる。金銭的な負担は限りなくゼロに近い。また、未解明な部分が多い病気でもあることから、検査結果の提供や、治験が開始された場合の参加をお願いするようなリーフレットもあった。

パンフレットをめくっていったところ、中に英語で書かれたリーフレットが挟み込まれていることに気がついた。

「あぁ、それは、アメリカの病院からの案内で」

「アメリカ？」

「アメリカの製薬会社が、治療薬の治験に参加する患者を募集してるって。……ただ、案内が来たのが二月中旬頃でね。発症から半年以内っていう条件があって、光希は応募できなかった。渡米する体力もうないし、お金ももったいないよって、光希には気を遣うように笑われて……情けなかった」

治験だとお金がかからないイメージがあったが、海外だと渡米費や滞在費がそれなりにかかるらしい。

「お金なら、借金してでもどうにかしたのに」

そして、光希の母は両手で顔を覆った。

「もっと頼れる親でいられたらよかった……」

花は光希の母に、逢坂透の個展の話をした。光希の母は、光希が写真を撮ってもらったことも知っており、遺品を展示することにも了承していたが、個展自体には行けなかったという。

「都内まで行く気力がわかなくて」

ネット上でも写真を見られる方法があるので、それを教えた。花自身も少し前にそれを咲織から教えてもらい、光希の写真を見たところだった。

光希は、どんなつもりで写真を撮ったんだろう。

帰り際、光希の母は「光希のことを気にかけてくれてありがとう」と深々と頭を下げた。

それに花は、きっぱりと答えた。

「友だちだったので」

それから、つけ加えておく。

「光希のもう一人の友だちも、今度は連れてきます」

もらったばかりのたくさんのパンフレットや資料を抱え、花は足を速めた。

花はずっと、誰かを〝友だち〟と呼ぶのは、難しいことだと思っていた。

相手に迷惑かもしれない。

おこがましいことかもしれない。

相手はそうは思っていないかもしれない。

友だち、なんて所詮はラベルリングだ。そう名乗ったところで実態はわからないし、本質的には大した意味なんかないものかもしれない。

でも、そう名乗れること自体が、嬉しいことなのだとなんだか急に実感した。

光希は友だち。

咲織も友だち。

原くんや、鷲宮くんとも、きっともう友だちになれてる。

そういうラベリングのできる誰かがいるということが、とても心強いしありがたかった。

そのことに、自分は支えられている。

そしてまた、自分もそんな誰かを支えられるような、友だちでいたい。

花が鷲宮くんに対して抱いている感情は咲織とは別種のものだろうけど、花は花なりの気持ちで、友だちの力になりたいと思っている。

花は、ずっとずっと、一人ぼっちになるのが嫌だった。

だから、誰かが同じように一人になろうとするのは、見過ごしたくない。

見て見ぬフリは、もうしない。

歩行者信号が赤になり、足を止めた。そしてスマホを取り出し、頼れる友だちの一人である、原くんに電話をかけた。

2-3　大事なものは

蝶番が錆びついていて、そのドアを押し開けるととんでもなく軋んだ。

そして視界を射るのは、酷く攻撃的な真夏の太陽。私はたちまち目を開けていられなくなり、花に先頭を譲ってその陰に隠れた。

週が明けて月曜日。日本列島に近づいていた台風はとっくに遠ざかり、この数日は私の心とは真逆の雲一つないぴーかんの晴天が続いている。

かつて鷲宮が時間を潰すのに使っていた、旧校舎の屋上。足を踏み入れたはいいものの、焼けるような暑さにたちまちくらくらしそうになっていたら、声をかけられた。

「こっちこっち」

日陰になった塔屋の陰に、コンビニおにぎりと総菜パンという昼食を食べている原くんが胡座《あぐら》を搔いていた。

「原くん、風邪はよくなった？」

花が質問し、「もうすっかり」と原くんは答えた。

「紀田さんは……？」

花と原くんの目が私の顔に向く。泣きすぎたり寝不足だったりでこの数日ボロボロだったのが、ぼってりした目蓋に集約されている。

「……熱は下がった。あとは察して」

私と花も日陰に入り、ペタリと座って輪になった。

鷺宮の熱は昨日の朝には下がり、私も家に帰って休めととうとう怒られ、迎えに来た母の車で帰宅させられた。

鷺宮はまだ顔色が悪かったけど、私の母が迎えに来たと知り、わざわざベッドから起き上がって頭を下げた。

——咲織さんを引き留めてしまい、すみませんでした。

母は紫斑だらけの鷺宮の手脚を見て、わずかに表情を硬くした。けど、すぐになんでもないような顔になって鷺宮に伝えた。

——悪いのは、きみじゃないでしょう。たくさん寝て、早くよくなりなさいね。

帰りの車の中で、母はそんな鷺宮のことをこう評した。

——大事なときにきちんと謝れる人って、意外と多くないんだよ。

そういえばうちの父は、まったく自分の非を認めず、謝ることをしない人だった。

——鷺宮くん、いい子なんだね。

いい子、なんて幼い子どもみたいな言い方だと思ったけど、事実、私も鷲宮も未成年で、どうしようもなく子どもだった。自分たちだけで住む場所も決められない。外泊すれば怒られつつも、親が迎えに来る。週が明ければ学校が待っている。

そんな子どものはずなのに、鷲宮は一人だ。

あの嵐の晩、高熱でうなされていた鷲宮は、私の手を強く握って離さなかった。おかげで私はベッドのそばで毛布に包まってひと晩過ごすことになり、翌日には体中が軋んでしばらく動けなかった。二日経った今でも肩凝りが治っていない。

私が余計なことをしたせいで、かえって鷲宮を苦しめてしまったんじゃないかと、その手を握りしめながら何度も考えた。でもその翌日、電話越しに花が言ってくれた。

——何もしない方がよかったなんて、そんなこと、絶対ないよ。

それに、看病を手伝ってくれた原くんも言った。

——紀田さんがいなかったら、啓二、今頃どうなってたかわかんないよ。

そんな原くんによると、鷲宮はまだ倦怠感《けんたいかん》があるらしく、今日もベッドで過ごしているらしい。今日は原くんのお父さんがあの部屋で仕事をしながら、鷲宮を看ているそう。

ネガティブになっている場合じゃない。時間は限られている。

私たちは調べた情報をそれぞれ報告し合った。国の相談窓口や、医療機関の情報。国内外の最新の研究結果。

昨日、花が一人で光希の家に行ったと聞いて驚いた。

「咲織も誘おうと思ってたんだけど、それどころじゃなくなっちゃったから……」

光希の母親からもらったパンフレットを三人で見ていくと、英語のリーフレットが交じっていた。花が事前に報せていたらしく、原くんはリーフレットに関するさらに詳しい内容を調べ上げていた。

「アメリカの大手製薬会社が開発中の治療薬があるんだ。聞いたら、うちの父さんも知ってた。まだ正式な論文は出てないんだけど、症状の進行を止めるのに一定の効果がありそうって話で注目を集めてる。治験に協力してくれる患者を、国籍問わず募集してるんだ。応募時の唯一の条件は、発症から半年以内であること」

鷲宮の発症は四月。まだ七月だし、発症からは四ヶ月目。

――お前らいたら、死にたくなくなんじゃん……！

あの日、鷲宮は初めて生への執着を見せた。

だったら、それに応えたい。少しでも可能性があるなら懸けてみたい。

「それ、鷲宮も申し込めるのかな？」

「このあいだ患者登録はしたから、病院の仲介があればできるかもだけど」

原くんはちょっと考え込むような顔になった。

「啓二に話すのは、もう少し調べてからにしよう。まだ体調も万全じゃないだろうし」

原くんの言葉にじれったいような気持ちになりつつも、私は頷いた。

その日の放課後、三人で団地に向かうと、鷲宮はブランケットに包まって眠っていた。顔色もだいぶよくなっているし、少なくともうなされてはおらずホッとする。

原くんは「ちょっと訊きたいんだけど」と原稿を書いていたお父さんを部屋の外に引っぱっていった。私と花は手分けして簡単に部屋の掃除をして空気を入れ替え、それからお茶を淹れてひと息ついた。

「光希のおばさん、元気だった？」

光希は同じ中学の出身だし、同じ町内でこそなかったものの家は比較的近所だ。けど、光希はあまり家に人を呼びたがらなかった。当時、母親が働き始めたばかりで留守番の多かった私は喜んで光希を自宅に招いたが、光希の家の事情はかなりあとになってから知った。光希の両親にも挨拶したことはあるが、本当に数えるほどしかない。

「どうだろう。なんか、気が抜けた状態って感じだった」

光希の家のことを花が色々と教えてくれ、今はおばさん一人であの家に住んでいると知って言葉を失う。

「おばさん、家の整理してたみたいで。病院のパンフレットとか色々くれたんだ」

昼休みに見せてもらったパンフレットに、そんな経緯があったとは思わなかった。

「今度、一緒にお線香上げに行こう」

「わかった」

そのとき、咳き込む音がした。鷺宮が身体を起こし、片膝を立てて座る。

「起きて大丈夫なの？」

「寝過ぎで身体痛い……」

その声はしゃがれていて、花が慌ててキッチンに駆け、グラスに水を注いで渡した。

「ありがと」と素直に礼を言い、鷺宮はグラスの水を一気に空にする。

寝グセだらけの髪を掻き回し、それから鷺宮は花を見た。

「さっき話してたの、聞こえた。久保山さん、細川さんの家に行ったの？」

「あ……うん、そう」

「それ、おれのためだったりする？」

まっすぐに訊かれ、花は困ったように私の顔を見、鷺宮に目を戻す。

「概《おおむ》ね、そうかな」

花の言葉に、鷺宮は「そう」と応えると決まり悪そうな顔になった。

「なんか、悪い」

「え、何が？」

「このあいだ、おれが紀田さんに変なこと言ったの、どうせ伝わってんだろ。無理なもんは無理だし、余計なことさせて悪かったなって」

花はフリーズしたようになってしまい、代わりに私が立ち上がった。

「変なことなんて、言ってないでしょ！」

「何熱くなってんだよ。……あのとき熱あったし、頭、朦朧《もうろう》としてたから。言ってもしょうがないこと言ったって、自覚あんだよ」

「しょうがないって――」

「ただでさえお前らに迷惑かけてんのに。これ以上は、もういいから」

鷲宮が脱力したように肩の力を抜き、その目を逸らした直後。

私はベッドに片足を乗せ、鷲宮のシャツの胸倉を掴んだ。

「なんにもよくないくせに！」

鷲宮は抵抗せず、小さく口の端を上げる。

「……おれ、この数日、風呂入ってないから臭いんだけど」

「ごまかさないでよ。あんなふうに……あんなふうに言ってたくせに！」

「――だから！」

パシンと音が響く。鷲宮が私の手を払った。

「言ってもどうしようもないことを言っちまったっていう話をしてんだよ。忘れろよ！」

「でも、あれが本音なんでしょ？」

「本音とか、関係ねーんだよ。しょうがないもんはしょうがねーっつってんの！」
「だから、しょうがなくなんか――」
「お前におれの気持ちがわかんのかよ！」
――咲織には、あたしの気持ちなんてわかんないよ。
また同じ轍を踏んだ。
鷲宮は呼吸が乱れて肩を上下させ、やがて両手で顔を覆った。
あのときの光希と同じ。
私の気持ちばかり先走って、光希を追い詰めた。
そうやって追い詰めたくせに私は光希にかける言葉を失って、その場から逃げた。
逃げて、逃げて、逃げたまま。
光希はいなくなってしまった。
――大事なときにきちんと謝れる人って、意外と多くないんだよ。
そう、私は父のことなんか何も言えない。
大事なときに、謝れなかった。
光希に謝れなかった。
だから後悔した。
そんな後悔を、もうしたくない。

「……めん」

自分でもわかるくらいに声が震え、鷲宮が顔を上げる。

「ごめん、鷲宮」

あのときの後悔も、たった今したばかりの後悔も、全部涙になって溢れた。

「ごめん。ごめんなさい。私、鷲宮の気持ち、なんにもわかんない」

私は、他人の気持ちを正確に理解し、察せられるような人間じゃない。

だから光希を傷つけた。

花のことだって傷つけた。

そして、鷲宮のことだってきっと、もう何度も傷つけてる。

「わかんない。全然わかんない。ごめん。わかんないけど、鷲宮のこと、諦めたくない」

黙って私の言葉を聞いていた鷲宮は、呆れたように嘆息した。

「すっげー勝手じゃね？」

「勝手でごめん。でも、でも私、」

ずっと言わずにおいた言葉を、口にする。

「鷲宮に、生きててほしい」

ふいにその手が眼前に伸びてきて、ギョッとした直後。

親指で目元を拭われた。

「咲織って、結構泣くのな」

ふいに触れた指の冷たさと下の名前で呼ばれた動揺で、思わず涙が止まる。

「ブサイク」

そして、鷺宮は笑った。

「まぁ、おれも咲織が何考えてんのか、全然わかんねーわ」

「そう」

「お互い、勝手にするしかないのかね」

そのとき、ぐずっと洟をすする音がした。

鷺宮と揃ってそちらを見ると、花が目を真っ赤にし、ハンカチで目元を拭っていた。

「おい、なんで久保山さんが泣いてんだよ」

「もらい泣き……」

「なんだよこれ。おれがお前ら泣かしたみたいになんだろ」

そこに原くんが戻ってきてなんとも微妙な空気になり、鷺宮は「シャワー浴びてくる」と逃げ出した。

◇◇◇

そんな日々のなか、動きがあったのは、それから四日後。終業式の日のことだった。

午前中で学校が終わり、鷲宮のところでランチにしようと相談し、三人で待ち合わせてから団地に向かった。

部屋に到着し、インターフォンを押そうとしたところ。

ドアが勢いよく開いて、飛び出てきた鷲宮とぶつかりそうになった。

「……どっか行くの?」

鷲宮は答えず、代わりに部屋の奥から追いかけてきたのは原くんのお父さん。

「啓二くん、とにかく話だけでも聞いてよ」

「だから、そんなの話になんねーから」

内容はよくわからなかったけど、原くんのお父さんの話を鷲宮が拒否しようとしている、ということらしい。

私たちは目配せし合い、鷲宮を部屋の中へ押し戻した。

原くんのお父さんは、鷲宮が患者登録した医療機関経由で取り寄せたという資料を用意していた。リーフレットの中身は英語で、もしかして、と思い当たる。

例の、アメリカの大手製薬会社の治験の話だ。

「治験は第Ⅱ相まで進んでいて、結果は概ね良好。近々、第Ⅲ相の試験が予定されていて患者を募集してる。渡米費用と現地での滞在費がネックにはなるけど、啓二くんさえその気なら、参加を検討するのはアリだと思う」

私と花は顔を見合わせ、思わず手を握り合った。原くんはこの話を知っていたのか私たちほどの驚きはないが、それでも表情は明るい。

「……その薬が百パーセント効くってわけじゃないんだろ？」

「もちろんそうだけど、効く可能性だって高い」

「効かなかったら、日本に帰れないまま向こうで死ぬってこともあるんだよな？」

「それは……そういうことも、あるかもしれない」

治験に必要な入院期間は五ヶ月。今から五ヶ月後、順当に症状が悪化していったらと考え、背筋がヒヤリとする。

「それにそもそも」と鷲宮はリーフレットを指先で弾いた。

「参加には親の同意が必要だって書いてある。無理だ」

「啓二くん、お母さんは亡くなってるんだよね？　中学時代に居候してた親戚は？」

「親戚だけど、未成年後見人だったとか、そういうわけじゃない」

鷲宮が頭を抱えるように顔を伏せる。そもそも最初から、鷲宮の保護者が誰かなんて、考えるまでもないことだった。

「鷹取――」

「あいつの名前は出すな！」

鷹取浩一の名を口にしかけた原くんを鷲宮は睨みつけ、自分の髪に手を入れた。

「あーもう、マジでふざけんな……」

原くんのお父さんは、そんな鷲宮を刺激しないようにか、ゆっくりと訊いた。

「啓二くんの親権って、」

「……あいつが持ってる。母さんが死ぬ間際、相談してそうしたって聞いた」

「連絡先は――」

「知らん！」

知らない、というよりも、鷲宮の方からブロックしたであろうことは容易に想像できる。

以前、鷲宮のマンションのポストに、鷹取浩一の個人事務所の住所が記された封書が届いていた。鷲宮は中身を確認もせずに捨てていたけど、あれがもしかしたら、父親との唯一の接点だったんじゃないのだろうか。

鷲宮の事情に踏み込むのは気が進まなかったけど、そんなことを言ってる場合じゃない。

「連絡してみなよ。週刊誌の報道があったばかりだし、お父さんだって心配とか――」

「するわけないだろうが」

冷たい声で私の言葉を遮った鷲宮の目は鋭かった。

「あいつは……母さんが入院してても、見舞いにも来なかった。おれが父親の存在を知ったのは、そもそも母さんの葬式のときだ。突然現れて、母さんからもらったっていう手紙を見せられた。それで、初対面の息子になんて言ったと思う？」

　その問いには誰も答えず、鷲宮は自分で答えた。

「『成人するまで金は払う』、それだけ」

　そうして鷹取浩一は、鷲宮の学費や生活費の一切を払うようになった。高校生になったら一人暮らしをすると言った鷲宮に、あの広すぎるマンションの一室を宛がったのもそう。

「あいつの金で生かされてるって状況にうんざりなんだよ。連絡なんてしたくないし顔も見たくない。同意書のサインだけならまだしも、渡米費用とか色々かかるとなったら、またあいつの金を使うことになる。絶対に嫌だ」

「でも――」

「でもも何もない。そんなことするくらいなら、死んだ方がマシだっつってんだ。おれの気持ちがわからないってんなら、すっこんでろ！」

　あまりの剣幕に、さすがの私も言葉を呑んだ。

　鷲宮は資料一式をまとめて丸めると、勢いよくゴミ箱に突っ込む。

「あいつは、母さんが大変だったときに何もしなかった。あいつの力は絶対に借りない」

　鷲宮は長袖の上着を掴むと、足音を立てて部屋を出て行った。原くんが「啓二！」と追いかける。ゴミ箱に突っ込まれたリーフレットを見つめていたら、花に手を取られた。

「咲織、大丈夫？」

「あぁ……うん」

少し前に鷲宮とやり合ったばかりだったのもあり、怒鳴られたことへのダメージはそれほどでもなかった。死んだ方がマシ、という言葉はそれなりにショックではあったけど。

鷲宮のことを、何も知らなかった。

死んだ方がマシと強く言い放ってしまえるほどの憎しみって、どんなものなんだろう。原くんのお父さんも頭を抱えていた。親でもある原くんのお父さんには、鷲宮の言葉はどう響いたのだろう。

私はスカートのポケットからスマホを取り出した。

もうずっと返していなかったメッセージを表示し、送る言葉を考えた。

◇◇◇

ＪＲ千葉駅の地上三階の高さにある改札前。日曜日ということもあってひっきりなしに往来する人の流れを見つめつつ、待つこと五分ほど。

約束の時間きっかりに、父が改札から出てきた。

「咲織！」

父の姿は、記憶の中のものとほとんど印象が変わっていなかった。襟つきの半袖シャツ姿で、持ちものはボディバッグのみと、いかにもオフモードというか、ラフな格好だ。

こんなふうに会うのは一年以上ぶり。両親が離婚して以降、中学時代は数ヶ月に一度のペースで食事をしたりしていたが、高校生になってからは忙しく、そのあとは光希のこともあったし、ずっとメッセージを返さないままになっていた。

「元気だったか？」

父はブランクなど感じさせない調子で話しかけてくるが、いまいち反応に困ってしまい、「うん」と答えてから謝った。

「なんか、ごめん。ずっと連絡してなかったのに、急に」

突然の連絡だったにもかかわらず、父は会うことを快諾してくれ、現在暮らしている東京都内からここまで来てくれた。連絡してから、たったの二日しか経っていない。

「日曜だったし、やることもなかったからな。久しぶりの連絡で嬉しかったよ」

ついその顔をまじまじと見てしまい、父は不思議そうに見返してくる。

「なんだ？」

「……なんでもない」

嬉しい、なんてかつての父だったら口にしただろうか。

母と離婚し、たまに会う父は以前より性格が丸くなった。丸くなったというか、私に甘くなったのだと思っていた。たまにしか会わない娘なのだから、こんなものなのだろうと。一緒に暮らしていた頃、父はいつも苛々していて、小言と嫌味ばかりのイメージだった。けど、単純に甘くなったわけじゃないのかもしれないと、久々に会って思う。ぱっと見の印象は昔のままだ。けど、目尻の皺は増えたし、よく見れば髪の生え際には白いものが増えている。父も歳を取ったのだ。

「母さんから聞いたけど、友だちのことで色々あったりしたんだろ。大変だったな」

「え、お母さんと連絡、取ってるの？」

円満な離婚とは言いがたかったし、普段母が父のことを口に出すことはない。まさかまだ二人が連絡を取り合っているとは思ってもみなかった。

「当たり前だろ。ぼくだって咲織の親なんだから」

時刻は午前十一時半。近くの百貨店に向かい、十階のレストラン街で中華料理のお店に入った。店には行列ができていたが、父は文句も言わずに並ぶ。何かとせっかちで、昔は列に並ぶのが大嫌いな人だったのに。

十五分ほど待ったのち、二人がけの席に通された。

「好きなもの注文しなよ」

メニューを見て、あんかけかた焼きそばを注文した。「昔からそれ好きだよな」と笑われ、私の好物を父が記憶していたことにまた驚く。そんな父は麻婆豆腐定食を注文した。

父が麻婆豆腐を特別好んでいたかどうか、私にはさっぱりわからなかった。

かつては、父と会うのは子どもとしての義務、みたいに捉えていた。私は圧倒的に母の味方だったし、父に対してあまりポジティブな感情を抱けずにいた。それでも鷲宮みたいに強く拒絶したり強固な壁を築いたりしてこなかったのは、母が父と約束したことであるから。そして、父の方からも積極的な連絡があったから。

形はどうあれ、気にかけてくれる人がいるというのはありがたいことなんだと、この歳になって初めて実感する。

注文を終え、ランチセットのドリンクが運ばれてきた。グラスに浮かんだジンジャーエールの泡を見ながら、ポツポツと近況を報告し合う。父は昨年、知人にヘッドハンティングされるような形で声をかけられて転職し、長年勤めていた企業を早期退職したらしい。今はスーツではないカジュアルな服での勤務だと聞いて目を丸くする。父には、毎朝かっちりスーツを着込んで出社する、昔ながらのお堅いサラリーマンのイメージが強かった。

「勤務時間もかなり自由だし、テレワークも可能。このあいだなんか、北海道に一週間滞在しながら仕事したよ。ワーケーションっていうんだけどさ」

なんだか知らない人と話しているような心地でいたら、父は話の矛先を私に向けた。

「……まぁ、そんな感じでがんばってるから。咲織も来年受験生だと思うけど、好きな進路を選んだらいいよ」

小学生の頃、私の塾や習いごとをきっかけに、両親は口論することが多かった。子どもの教育方針の不一致という奴だ。

なので、そんな言葉が出てくるなんて予想もしていなかった。

「好きに選んでいいの？」

「ぼくが咲織の進路なんて選べないし」

そして、父は続けた。

「お金の心配だけはしなくていいから」

鷲宮から聞いた話を思い出す。鷹取浩一は、母親の葬儀で初めて会った息子に、『成人するまで金は払う』と言ったという。

お金は大事だ。あるに越したことはない。それがないと、選択肢が狭められることはとっても多い。それはどう考えても明白だ。

けどそのうえで、どうしても訊いてみたかった。

「子どもにお金だけ出すのって、どういう気持ち？」

たちまち父の顔が強ばり、言い方を間違えたことに気がつく。

「ごめん、えっと、そうじゃなくて。それが嫌とか、そういう話じゃなくて、というか、そもそも私の話じゃないんだけど……」

私は鷲宮の話を、掻い摘まんで父にした。

長年会っていなかった父親に、『成人するまで金は払う』と言われた友だちがいること。

その友だちは、そんな父親に酷く反発していること。

「友だちの気持ちは、なんとなくわかるんだけど。父親側は、どうなのかなと思って」

父は静かに嘆息し、出されたばかりのウーロン茶を飲み干した。そして、力なく笑う。

「痛いところを突かれたなと思って」

「だから、私の話じゃなくて……」

「でも、似たようなところはあるだろうから」

父は言葉を選ぶような間のあと、口を開いた。

「まずは、親の義務。子どもの扶養は法律でも定められている義務だからね。それと、」

「それと？」

「子どもに直接向き合わないでも、最低限できること」

先刻の、好きな進路を選んだらいい、という言葉の裏にあるものが見えた気がした。

もちろん、私の自由意志を尊重するという意味もあるのだろう。

けどそれにはきっと、もう一つ意味がある。

父自身は口出ししない、関わらないということ。

「社会人になってから、ぼくはずっと働いてる。仕事はルーチンだし、困れば上司もいてマニュアルもある。もちろん大変なこともたくさんあるけど、働くことには慣れてるんだ。

子どもという一人の人間を育てることより、ある側面では、ずっと簡単かもしれない」

私は父のように働いたことはないし、その言いたいことを百パーセント理解できてはいないだろう。でも、ニュアンスは伝わってきた。

「ぼくの場合は、お母さんに咲織を任せて、自分は子育ての責任を手放した。だから、せめて最低限のことはする。お金を払って義務を果たす。おかげで、少なからず親をやれているような気にはなってる。子どもの側から見たら、無責任かもしれないけども」

中学生の頃、光希は何かにつけてお金のことを気にしていた。コンビニでペットボトル一本を買うのでも、五円でも十円でも安い方を選んだ。光希の家庭の事情なんかまったく知らなかった頃は、それがなぜなのか、私には想像すらできていなかった。

そう、少なくとも。私は、お金に関しては何一つ苦労したことがなかった。何かを我慢したり、それによって進路を狭められたりといった状況とは無縁だった。

それは、父と母が協力し、親の義務を果たしてくれていたからだ。

「無責任なんかじゃ、ないと思う。進路のことも、ありがとう」

そう小さく頭を下げてから、気がついた。

私も父にこんなふうにお礼を伝えるのは、初めてだったかもしれない。

父はなんだか呆けたように私を見、それからわざとらしく笑った。

「子どもは、気にせず親を利用するくらいでいいんだよ。そんなふうに利用されるのも、親の義務なんだから」

あんかけかた焼きそばと麻婆豆腐定食が運ばれてきて、話はそこでおしまいとなった。

ランチを食べ終え、そのまま百貨店の中に入っている書店をぶらぶら見て、問題集や気になっていた小説などを父が買ってくれ、カフェで休憩してから解散となった。待ち合わせたときと同じく、千葉駅の改札前で別れる。

「元気でな。お母さんにもよろしく」

軽い口調で別れの言葉を述べ、去っていこうとする父に咄嗟に声をかけた。

「――お父さん！」

ふり返った父に、買ってもらった本が詰まっている書店のバッグを掲げて見せた。

「色々、ありがとう。あと！」

静かに、息を吸って吐いた。

「また連絡する！」

父は笑顔で手をふり、改札を抜けた。

小さくなっていくその背中を見送ったあと、私はある住所をスマホで検索した。

◇◇◇

その日、私がインターフォンを押すと、鷲宮はドアを薄く開けて来訪者を確認した。

「……なんで？」

もうすぐ午後九時になろうかという時間。鷲宮の疑問はもっともだ。

「どうしても、今日中に話したいことがあったんだ」

「一人？」

「そう」

少し前まで花と原くんと一緒だったけど、話をするなら私一人の方がいいだろうということになったのだ。

「こんな時間にいいのかよ。親、心配してんじゃねーの？」

鷲宮は、一度挨拶して以来、うちの母のことを気にするようになった。時間が遅くなると、「もう帰れ」とせっつく。

「遅くなるって伝えてある。それに、用件話したらすぐ帰るから」

そうして中に入ると、なんだかすっきりして見えた。

「もしかして、掃除した？」

「今日は誰も来なかったからな。……仮にも居候だし、汚くできねーだろ」

鷲宮は体重を預けるようにソファに腰かけた。疲れていたのかもしれない。

手脚の紫斑は徐々に広がっていて、身体は動くものの、怠さを感じることも多いと聞いていた。発症から四ヶ月目といえば、かつては毎日学校に来ていた光希が、たまに休むようになった時期だ。それから欠席の頻度が増え、発症から七ヶ月目には休学となった。

私がローテーブルのそばに座る様子を、鷲宮はなぜかまじまじと見ている。

「そんなに見つめられると、ちょっと緊張するんだけど」

「もう来ないかと思った」

ここに来るのは、鷲宮に「すっこんでろ」と言われて以来、三日ぶりだった。

「ちょっと、忙しかったんだよ。お父さんに会ったりしてた」

「離婚した父親？」

「そう」

「仲いいの？」

「どうだろう。会うの、一年以上ぶりだったし」

会話はポツポツと続く。鷲宮と二人だと、あいかわらず楽しくおしゃべりという空気にはならない。

「でも、久々に会って色々話したら、考えることもあって」

トートバッグから、大事なメモを挟んだクリアファイルを出した。

「会いに行ってきた」

「誰に？」

「鷹取浩一に」
鷲宮がソファから身体を起こした。

父と話した翌日である今日、私は原くんと花と午前中のうちに合流し、東京方面行きの電車に乗った。

鷹取浩一の個人事務所の住所は、以前、鷲宮が捨てた封筒に記載があったのでわかっていた。そこに行くと話すと、原くんも花も返事一つでついてきてくれた。一人では心細かったのでありがたかった。

事務所は渋谷《しぶや》と原宿《はらじゅく》の中間地点。私はこれまでほとんど訪れたことがないエリアで、通勤時間帯でもないのに混み合う車内や駅構内、駅前のハチ公像にちょっと観光気分もわきかけた。スマホで地形図を確認すると、渋谷駅前の標高は十五メートルだった。

そうして辿り着いた事務所は、雑居ビルの三階にあった。ビル一階には守衛所があったものの、入口で止められることもなく、あっさり中に入れた。

事務所のドアを開け、入ってすぐのスペースは狭く、電話機がポツンと置かれているだけ。『お約束がある方は内線をおかけください』との貼り紙があった。お約束などこれっぽっちもなくさっそく困っていたところ、スタッフらしい中年女性が現れた。いかにも訝《いぶか》しげな目を向けられ、「何か御用ですか?」と訊かれたのでこれ幸い。

「私たち、鷹取浩一さんにお会いしたくて来ました！」

直球で用件を申し出たところ、失敗した。「そういうのは困ります」とすげなく言われ、それでも粘ると「出ていかないなら警備員を呼びます」とのことでひとまず退散した。

お昼も近かったので、近くのファストフード店で腹ごしらえし、作戦を練り直した。今度は一人ずつ事務所に行き、鷹取浩一の息子である鷺宮の状況と私たちの連絡先を書いた便箋をスタッフの誰かに渡し、鷹取浩一に繋げてもらおうと考えた。

時間を置いて何度もチャレンジしては失敗し、手紙はことごとく突き返された。ウェブサイトから事務所の電話番号がわかったのでかけたりもしたが、いたずら電話だと思われたのか切られてしまった。あの週刊誌報道のせいで、息子に関する問い合わせやいたずら電話などがあったのかもしれない。

そんなこんなで気がつけばもうすぐ午後四時。午前中に事務所に到着してからすでに五時間が経過し、すっかり作戦拠点となったファストフード店で私たちは頭を抱えていた。

「そもそも、鷹取さんって事務所にいるのかな……」

花の呟きに、私と原くんは応えられなかった。不在の可能性はとっても高い。けど、ほかに手がかりもない。

都会の街はまだまだ明るく、通りを往来する人は絶えない。夏らしい半袖や露出度の高い格好をした若者の姿も多く、その白い肌を見たら切なくなった。この夏、おそらく鷺宮は外で一度も半袖になっていない。

　せっかくここまで来たのだからと初心に返り、残っている便箋すべてを使って手紙を書き、ポストに入れ、もう一度スタッフさんに突撃し、最後は事務所のドアに挟んだ。

　そうして、午後五時を回った頃だった。

　私のスマホに、知らない番号から着信があった。


「マネージャーさんが手紙に気がついて電話をくれて。鷹取さんに繋いでくれた」

　私は鷺宮に、鷹取さんの名刺と、個人のスマホの連絡先が書かれたメモを差し出した。

　今日は自宅にいたという鷹取さんは、マネージャーさんの車で会いに来てくれた。そして事務所の応接室に私たちを通すと、真摯に話を聞いてくれた。

「鷹取さん、鷺宮が《ヴァイオレット・アイ》だって知って連絡を取りたかったけど、マンションにもいないし、電話も繋がらなくて困ってたって」

　鷺宮は、私が差し出したものに手を出そうともしない。

「もし鷺宮がある条件を呑んでくれるなら、できる手助けはするって」

「ある条件……？」

　それを伝えると、鷺宮は顔を歪め、ソファに座り直した。

　私はクリアファイルをローテーブルに置き、鷺宮の前にしゃがんでその顔を覗き込んだ。

「もうわかってるでしょ。鷲宮は、自分で思ってるより、全然一人じゃないんだよ」

「勝手なこと言うなよ……つか、勝手なことしすぎだっての」

「お互い勝手にするしかないって話になってたじゃん」

するると、鷲宮は唇を歪ませて笑った。

「だからって、三人で事務所まで行くか？」

「行ってよかった。鷹取さんと話せて、私、よかったよ」

鷹取浩一は、ポロシャツ姿で髪も簡単に撫でつけただけというラフな格好だったが、それでも芸能人らしいオーラを十二分に纏った人だった。

——啓二の母親には、本当に苦労をかけて申し訳なかった。

養育費も渡したかったが、ずっと受け取ってもらえずにいたという。

そんなとき、数年ぶりに連絡が来た。病で先が長くないので、息子を頼みたいという内容だった。

「鷲宮のお母さんは、鷹取さんに鷲宮を積極的に託したんだよ」

「そんなの——」

「鷲宮には知らないことだって思うよ。私だって、もしお母さんが死んで、知らない男の人が現れて急に父親だなんて言われたら、ふざけんなって思うと思うもん」

鷲宮が顔を上げた。

「私には、鷲宮の気持ちはわかんないよ。私なりに想像して、自分だったらどうだろうって考えることしかできない」

　でも、そんなふうに考えて、どうにか寄り添いたい。

「鷲宮が、本当に大事にしたいことって何？」

　あの嵐の中で、嗚咽混じりに零した言葉。

　――お前らいたら、死にたくなくなんじゃん……！

「本当に大事にしたいことのためなら、手段なんて、なんだっていいんだよ」

　鷲宮は答えない。

「悔しいけど……私たち、まだ子どもじゃん。選べる手段なんて、多くないんだよ」

　なんにだって保護者の同意が必要で、お金も衣食住も自由にならない。

「しょうがないじゃん、だったらもうさ、そういうの全部、利用してやろうよ」

　鷲宮の表情はまだ動かない。

　じれったさのあまり、私は立ち上がってその手を取った。

　体温の低い手を、強く強く握る。

「手段は選べないけど、そんなの、どうでもいいんだよ。私たちにだって……子どもにだって、どうしたいかくらいは選べるんだから」

　自由にならないことも、ままならないことも多い。

子どもだからしょうがない。

――だけど。

本当に大事なことくらいは、私たちにだって決められる。

そういうことは、自分で決める。

決めるしかない。

何が大事で大事じゃないか。

取捨選択するのは、最後は自分だ。

「鷲宮はどうしたい？　鷲宮は、何を大事にしたい？」

答えを待たず、さらに畳みかけた。

「鷲宮が欲しいものって何？」

その紫色の瞳が動き、掴んだ手を握り返された。

そして。

鷲宮は、答えてくれた。

「――おれは、」

アナザーサイド⑤　ある男子生徒の真

春休みももうすぐ終わろうかという、四月上旬のある朝だった。

鏡に映った自分の顔を見て、鷲宮啓二は違和感に「は？」と一人声を漏らした。

左目の瞳が、灰色に見えた。打ちっ放しのコンクリートの壁とかと、同じような色。

顔を洗っても目薬を差しても状況は変わらず、眼科にでも行った方がいいのかと思いスマホで検索したところ、こんな情報を見つけた。

『《ヴァイオレット・アイ》に罹ると色覚に異常が現れ、紫色が灰色のように見えるといわれている。このため、患者本人は自分の瞳の正確な色を把握できない』

真っ先に思ったのは、もし《ヴァイオレット・アイ》なら眼科に行ってもしょうがないということだった。突然のことに、あまり頭が働いていなかったのだと思う。面倒なことになったと他人事《ひとごと》のように考え、検索を続け、しばらくは発症していることを周囲に隠そうと決めた。治療だのなんだのと第三者に介入されるのも面倒だし、学校を休んで一応保護者ということになっている父親《あいつ》に連絡が行くのも避けたかった。ブラウンのカラーコンタクトを通販で注文すると、翌日の午後には届いた。

《ヴァイオレット・アイ》のことは、啓二も人並みには知っていた。面識はなかったが、同じ学年の細川光希という女子生徒が罹患して先月亡くなったので、むしろ以前より意識はしていた。そんな珍しい病気に罹ってしまうなんて、運が悪かったんだなと同情していた。まさか自分も同じように運が悪いとは、予想もしていなかったけど。

新学期になって登校こそしたが、授業へのモチベーションは限りなくゼロになった。受験生になる前にこの世から卒業する可能性が高いのだから当然だ。細川光希は発症後もしばらく学校に通い、授業も受けていたという。偉い子だったんだなと素直に感心した。もしくは、学校に通うに足る理由となる、仲のいい友人でもいたのか。

啓二はよくも悪くも目立つタイプではなく、クラスではのらりくらりとやっていた。複雑な家庭の事情もあって、深い話をするような友人は積極的に作ってこなかった。それが功を奏したのか、徒《あだ》となったのかはわからない。少なくとも、授業をサボる啓二に対し、過度な心配や忠告をする友人がいなかったのは、煩わしくなくてよかった。

学校には日当たりのいいスポットがいくつかあり、一般校舎三階の非常階段の踊り場と、旧校舎の屋上はお気に入りとなった。その場所で、啓二はスマホでとあるＳＮＳのコミュニティを覗いた。そこには、《ヴァイオレット・アイ》を発症した中高生が集まっていた。

ただただ発症したことを呪い、鬱気味の書き込みをくり返す者。

死ぬまでにやりたいことリストを作り、消化しているという強者。

啓二と同じように周囲に隠しているが、どう打ち明けるか悩んでいる者。

自暴自棄になって、荒んだ書き込みを続ける者。

誰も彼もがもうすぐ訪れる死を意識していて、やがて啓二もどうやって死のうか考えるようになった。

そうして、ふと思ったのだ。

どうせ死ぬなら、自分の死を使って、父親にちょっとした嫌がらせでもできないかと。

隠し子の自分の存在が明るみに出るだけで、十分なダメージになるのは想像できる。そのあと姿を暗まし、どこかで孤独死したら、世間はどれだけバッシングしてくれるだろう。

そんなことを考え、自分の死も無駄にはならないかもしれないと、ようやく思えた。


ひと月ほど無為に過ごし、五月になった。

ほんの気まぐれで、とある女子生徒を助けた。

学校帰り、うちの高校の制服を着た女子生徒に、中年男が空き缶を投げつけているところにたまたま出くわした。最初は変質者とか、暴漢とか、そういった類いのものだと考えた。特別正義感が強いタイプではないが、さすがに見て見ぬふりは後味が悪い。

「おっさんさ。さっき、そいつに空き缶投げただろ？　暴行罪って奴だよな？　警察呼んでいい？」

そんな脅しで、男はあっさりと去っていった。そして、助けた女子生徒に礼を言われた。

「……ありがとう」

ただの気まぐれだったし、すぐに立ち去るつもりだった――けど、できなかった。

その女子生徒の左目が、見覚えのある灰色だったから。

《ヴァイオレット・アイ》かと訊くと、女子生徒は驚いたように訊き返してきた。

「私のこと、知らないの？」

まったく知らなかった。話を聞くと、彼女は――紀田咲織は、クラスメイトだった。

同じクラスに、こんなにも珍しい奇病の患者が二人もいるなんてこと、あるのだろうか。

好奇心に駆られ、啓二は訊いていた。

「不治の病に罹るのって、どんな気分？」

この少女は、どんなふうに自分の死に向き合っているのか、教えてほしかった。


助けて以来、咲織はあからさまに啓二を気にかけるようになった。

啓二はコンタクトで瞳の色を隠していたし、仲間意識を持たれる理由はないはずだった。

なので、最初は好意でも持たれているのかと思った。俳優の父親譲りの自分の顔は、どうやら造りがいいらしい。バレンタインデーにチョコをもらわない年はこれまでなかった。

「何？　おれのこと好きなの？」

ストレートに訊くと、咲織は全力で否定した。ただ、啓二と話がしたかっただけだと言う。あの質問のことが気になっているのだと。

そして肝心の質問の答えは、「わからない」だった。

咲織が細川光希の親友だと知ったのは、その少しあとのことだった。養護教諭の汐見先生が、咲織が啓二のことを訊いてきたと、教えてくれたのだ。

汐見先生は問題のある生徒への接し方を心得ているのか、余計な詮索をしないし、話していて楽な数少ない大人だった。ただ少々、口が軽い。まさか咲織も、こんなふうに啓二本人に情報が伝わっているとは思いもしなかっただろう。

汐見先生は、咲織のことを前から知っていた。咲織が親友の光希につき添って、よく保健室を訪れていたからだ。そして、汐見先生は《ヴァイオレット・アイ》のことを話題に出したくせに、咲織本人の病状については何も触れなかった。

このとき啓二は、咲織は不謹慎メイクなのではないかと初めて勘ぐった。

時間を持て余していた啓二は、《ヴァイオレット・アイ》に関わる情報を検索していくうちに、逢坂透の写真に出会った。そして、光希のものらしい写真を発見した。

咲織の反応を見てみたい、という誘惑に駆られた。

光希と咲織がどんな友人関係だったのか、啓二にはわからない。でも、咲織が不謹慎メイクをしているのだとしたら、そのきっかけになったのは間違いなく光希だ。

啓二が覗いているSNSにも、《ヴァイオレット・アイ》の患者を装い書き込みをする者が定期的に現れた。多くは迂闊な発言で詐病がばれ、大バッシングの末に姿を消す。真剣に自分の死を考えている人から見れば当然の拒絶反応だろうが、啓二にはそこまでの不快感はなかった。彼らにも彼らなりの理由がきっとある。そちらの方が興味があった。

でも、SNSで消えた人たちにそれを問うことはできない。そんなとき、啓二の前に現れたのが咲織だった。

個展のチラシを見せると、咲織はついてきてほしいと言った。そこまでは、ある程度予想していた反応だった。

でも、ギャラリーで泣き崩れる咲織を見て、胸にわき起こったのは別の感情だった。

光希への、どうしようもない羨ましさ。

死してなお、こんなふうに胸を痛めてくれる友人が光希にはいる。

自分には、そんな誰かはいなかった。

……あのとき感じた羨ましさを、捨てきれなかったのかもしれない。

自分自身を復讐の道具にして、一人で死んでおしまいでいいのか。

自分だって最期くらい、誰かに気にかけてほしいんじゃないのか。

そんな迷いを断ち切るように、学校をやめて少ない連絡先をすべてブロックし、週刊誌のウェブサイトから情報提供をした。訪ねてきた記者に、病状などを自ら話した。あとはどうやって姿を暗まそうか、そんなことばかりを考えていたというのに。

自宅マンションに咲織が現れた。諒と花という仲間まで引き連れて。

諒の父親の仕事部屋だという団地の一室に転がり込めたのは、思ってもない僥倖《ぎょうこう》だった。おかげで、あっさりと姿を暗ますことができた。

けどその代わり、かまってくる人間が急に増えた。

啓二がどうなろうが、みんなには関係のないことのはずなのに。毎日のように顔を見に来て、味がしないと言っているのに食事をさせ、連れ出して花火をやらされた。

そんなふうに誰かにかまわれるのは、母が元気だった頃以来だった。

母が亡くなったあと、居候することになったのは母の従妹一家だった。両親と高校生の姉と中学生の弟という四人家族。いい人たちだったけど、完璧だった家族を自分が歪な形にしているようで、常に肩身が狭かった。中学生の弟は啓二と同い年で、最初こそ親切にしてくれたものの、遠慮ばかりする啓二にしまいには嫌気が差し、啓二が愛人の子どもであると学校で吹聴した。殴り合いの喧嘩――などはしなかった。啓二は高校生になったらアルバイトをして一人暮らしをすると彼らに伝え、それがどこからどう伝わったのか、父親名義のあのマンションを与えられた。

高校生になってようやく一人になれ、ホッとした。こういう方が性に合ってると思った。

じゃなかったら、孤独死計画なんて真面目に考えない。

なのに、一人にしてもらえなくなった。

しまいには、そんな毎日を心地よくすら思ってしまって。

欲が出た。

とっくにそんなこと、諦めていたくせに。

そんな自分が我慢ならなくなって、嵐の海に近づいた。もしかしたら死ねるかも、なんて消極的な自殺のつもりだった。

なのに、それすら咲織に見つけられてしまった。

胸の内で白旗が上がる。もうどうしようもなくなって、堪えきれずに弱音を吐いた。

「お前らいたら、死にたくなくなんじゃん……！」

予想どおり、咲織たちは必死になってくれた。

どうしようもなく嬉しくて、ありがたくて、同時に心底申し訳なかった。

《ヴァイオレット・アイ》には、まだ認可された治療薬はない。けど、一定の効果が望めるらしい治療薬の治験があるという。

治験は治験、希望なんて抱くようなものじゃない。

それに、死んで復讐しようと思っていた父の協力が必要なんて、冗談じゃなかった。

なのに、咲織たちは諦めない。

しまいには啓二に黙って父に会いに行くし、もう滅茶苦茶にもほどがある。

そんな咲織は、啓二の手を取って問いかけた。

「鷲宮はどうしたい？　鷲宮は、何を大事にしたい？」

鷲宮、と咲織は啓二のことを呼ぶ。

必死な顔の咲織には悪いが、啓二はこのとき、そんな呼び名について考えていた。

少し前から、時々意識して咲織のことを名前で呼んでいた。なのに、咲織はまったく気にしていないように見える。つい今し方も、「私には、鷲宮の気持ちはわかんないよ」などと言われた。ちょっとはおれの気持ちも察しろよ、とぼやきたくなってくる。

啓二がそんなことを考えているとはつゆ知らず、咲織は真剣な顔で質問を重ねる。

「鷲宮が欲しいものって何？」

咲織のことだから、「生きること」とか答えてほしいんだろう。

確かにそう。今死ぬのはちょっと嫌だなと、啓二も思っている。

でも、啓二にとって大事なことは、それじゃなかった。

たとえ生きていたって、以前のような毎日に戻るのなら、きっとまた自分を使って復讐をしようとか考えたくなるに決まってる。
欲が出た今の啓二が欲しいものは、そういうものじゃなかった。
夜の海で花火をし、バカみたいにはしゃいだりとか。
なんでもない住宅街を、ただぶらぶら歩いたりとか。
咲織が切った星形のハムを、摘まみ喰いしたりとか。
そういうものだった。
そう、今、大事なのは。
欲しいのは――
掴まれたその手を握り返す。
小さくて細い咲織の手は今日も温かく、啓二の手をしっかりと掴む。
「――おれは、おれが欲しいのは」
まっすぐに咲織を見返した。
啓二の瞳は今、彼女の目に、どんな色に見えているのだろう。
「咲織といる未来」

2-4 和解と利用と

高校生に待機場所として与えるにはあまりに不相応な、広々としたホテルの一室。

高層ビルが群れ成す都会の景色を見渡せるスイートルームで、私と花、原くんはそれぞれふかふかしたソファに腰かけ、タブレット端末の画面を見つめていた。

表示しているのは、動画配信アプリ。画面には、『記者会見が始まるまでお待ちください』という文字が表示されている。

「鷲宮、大丈夫かな……」

今日何度目かわからない私の呟きに、原くんと花が同じく何度目かわからない「大丈夫だよ」を返す。

「鷲宮くん、いつも堂々としてるし」

「でも鷲宮って、失言多いし」

「失言したらしたで、啓二ならきっとなんとかするよ」

そのとき、画面がパッと切り替わった。私たちは揃って息を呑み、前のめりになる。

このホテルの地下階の会場で、記者会見は行われている。黒いスーツ姿の鷹取浩一と、事務所の関係者だという司会の男性が壇上に上がり、まずは礼をしてそれぞれ席に着いた。

そんな鷹取さんの隣にいるのは、テーブル上に設置された磨りガラスで顔を隠した鷺宮。

鷺宮の身体の左右には黒い肘かけがあり、彼が車椅子に座っていることが見て取れる。

司会の男性がマイクのスイッチを入れた。

「──それでは、ただ今より、鷹取浩一による記者会見を始めさせていただきます」


鷹取さんが啓二に出した唯一の条件、それは一連の報道への釈明会見の場に、鷺宮を同席させることだった。

「もちろん、彼に顔を出させるようなことはしない。ひと言も話さなくてかまわない」

あの週刊誌報道の影響で、鷹取さんはいくつかの仕事が白紙になり、ＣＭの契約も打ち切られたそう。

「釈明会見は元々どこかでやるつもりだったんだがね。それに話題の渦中の息子が同席し、父親とは良好な関係だとアピールできるのは悪くないと思うんだ」

鷹取さんの週刊誌報道は身から出た錆でしかないわけで、正直なところ、同情の余地などないと内心思っていた。ただ、私たちに対応してくれ、話を聞いてくれたその姿勢から、悪い人ではないのかもと油断していた。

自分の汚名返上に病気の息子まで使おうとか、どれだけゲスなんだ。

花も私と同じようなことを考えたのか、その顔をたちまち厳しくする。けど一方で、原くんだけが「なるほど」と納得したように呟いた。

「そういう条件でもあれば、啓二は了承するかも」

私が理解できずにいると、鷹取さんが説明してくれた。

「彼に嫌われているのはわかっているからね。無条件で手を貸すと言っても、きっと聞く耳も持たないだろう。頑固なところは母親譲りかな。……だったら、交換条件でもつけた方がいいだろうと思ってね。こちらも利用するから、そちらも気兼ねなく利用すればいいと」

鷹取さんは、こちらが思っている以上に鷲宮のことを理解しているのかもしれない。

「鷲宮の母親が亡くなったとき、引き取ろうとは思わなかったんですか？」

そうなっていてもおかしくないような雰囲気はあった。けど、現実はそうではない。

鷹取さんは肩をすくめて答えた。

「提案はしたさ。けど、『おれは父親なんていないと思ってやってきたんだ』と言われて納得した。だから、私はお金だけ出すおじさんになることに決めた」

それで、鷹取さんは『成人するまで金は払う』と言ったのか。

その会話を直接聞いたわけじゃない。鷲宮には、鷲宮なりの言い分があるのだとも思う。

それでも。

鷲宮に、こんな形でも父親がいてよかったと思った。

鷹取さんは、週刊誌報道は概ね事実であること、世間を騒がせて申し訳ないと思っていることなどを淡々と述べていった。

そして、鷹取さんは隣にいる鷲宮に目を向けた。

『今日は、息子たっての希望もあり同席してもらいました。報道どおり、彼は現在、《ヴァイオレット・アイ》と呼ばれる病気に罹っています』

双方合意済みではあるものの、息子たっての希望だなんてよく言えるものだと呆れてしまう。そういう面の皮の厚さみたいなものは、芸能人として必要なのかもしれないけど。

『彼がこのような状況にあることは、親として深刻に受け止めています。現在彼は、必要な医療を受けながら、この病と必死に闘っています。私もできる限りのサポートをするつもりです。――一部の報道機関で、彼の自宅や学校に押しかけるような行為があったという報告を受けています。彼は未成年ですし、デリケートな状態でもあります。どうか、そのような行為はお控えいただき、温かく見守っていただけますようお願いします』

その後、質疑応答があり、鷹取さんが一つ一つに丁寧に答えていった。

そうして、会見がそろそろ終わるかという頃。

鷲宮が手を挙げた。

司会者が鷹取さんに許可を取り、鷲宮にマイクを回す。

『今日はこのような場に参加させていただき、ありがとうございました』

画面越しに聞こえてくる鷲宮の声。予定外の展開に、私の心臓はバクバクと鳴る。

鷲宮はマイクを持ったまま、隣を——鷹取さんの方を見て、はっきりと言った。

『父には感謝しています』

そして、まっすぐに前を向く。

『ぼくの病気のことで、世間をお騒がせしてすみませんでした。父の助けも借りて、今、がんばっているところです。なので、父が失業すると困るんですよね。今後もどうか、父をよろしくお願いします』

まさかの笑いまで巻き起こし、鷲宮はマイクを鷹取さんに戻した。


会見場から二十階のスイートルームまで、鷲宮は事務所のスタッフさんに車椅子を押されて戻ってきた。

車椅子を用意したのは鷹取さんで、「その方が病人っぽくていいだろう」などと言い、鷲宮を早々に苛つかせた。

けど、正解だったのかもしれない。車椅子の鷲宮は、見るからにぐったりしている。

　私たちが鷺宮の元に駆け寄ると、遅れて部屋に入ってきた鷹取さんが労うように声をかけた。

「おつかれさま。よくやってくれたよ」

　その言葉に、鷺宮は顔を上げて睨みつける。

「条件だったから、完璧にこなしてやっただけだ。いい息子だっただろ？」

「そうだな。きみが利用されてくれて、本当に助かった」

　鷹取さんの言葉に、鷺宮は舌打ちして顔を背けた。原くんが車椅子を引き受け、鷺宮を部屋の奥に連れていく。

「すでに伝えてあるとおりだが、この部屋には明日の午前十一時まで滞在できる。東京観光でもなんでもしてくれ」

　この部屋には鷺宮と原くんがこのまま宿泊予定で、私と花にも同じフロアの別の部屋が用意されている。ホテルの名前を伝えたら、母がとんでもなく羨ましがった。

「なんか、私たちまですみません」

「こちらこそ、啓二が世話になった礼だ」

　鷹取さんがこのまま帰るとのことなので、私は廊下まで送った。

「何か困ったことがあったら、いつでも連絡してほしい」

「わかりました」

「あと、」と言葉を続けた鷹取さんは、わずかに表情を緩めた。

「息子にきみたちのような友だちがいて、本当に安心した。ありがとう」

その言葉に胸が詰まり、「こちらこそ」と返した。

「私も、啓二くんに助けられたことがあったので」

「そうか。……今さら、父親面をするつもりはないんだがね。それこそ親権はあるし、親としての最低限の責任は果たすつもりだ。もし何かあれば、また『父親を利用しよう』と言ってやってほしい」

「もちろんです！」

去っていく鷹取さんを、頭を下げて見送った。

達成感にも似たすっきりした気持ちで、部屋に戻ろうとして気がつく。

部屋のドアが薄ら開いていた。ストッパーを噛ませてあって、半開きになっている。

……まさか。

そっとドアを押し開けるやいなや、近い距離で鷲宮と顔を突き合わせて心臓が跳ねた。

「……聞いてた？」

鷲宮は質問には答えず、ぷいと顔を背けて部屋の奥へ行こうとする。

もしかすると、機嫌を損ねたどころの話じゃないのかも。

「勝手なことしてごめん！　でも――」

ふり返った鷲宮に人さし指で思いっきり額を突かれ、足をもつれさせた私はその場にしゃがみ込んだ。

「お前、ホントに余計なことばっかすんのな」

「……ごめん」

せっかく、色々うまくいったと思ったのに。どうしたら、鷲宮は許してくれるだろう。泣きたい気持ちになりながら、顔を上げたものの。

こちらを見下ろすその顔は、予想に反して怒っていなかった。

「自分で連絡するから」

「え……」

困惑と動揺の混じったような表情で鷲宮は手を差し出し、私を引っぱり上げる。

「次にあいつを利用するときは、自分で連絡する。咲織が関わると面倒だから、もう余計なことすんな」

「ちょっとそれ、言い方！」

「事実だろーが」

鷲宮は私の手を握ったまま、原くんと花の方へ歩いていった。

◇◇◇

その後の日々は、目まぐるしく過ぎていった。

鷲宮は、渡米までは団地の部屋に居座ることにし、あのマンションは正式に退去することに決めた。

治験の参加も認められ、必要な検査や渡米の準備、パスポートの申請などで忙しく、鷲宮は疲労のあまり動けなくなる日もあった。必要なときは私たちでつき添いをしたり、食事の用意なども引き続き手伝ったりした。

あるとき、これまでそれなりに食事をちゃんととっていたおかげか、症状の進行が遅いと医師から言われたと聞いた。

「一人だったら、まともに食べれてなかったと思う。感謝してる」

いつになく素直に鷲宮がそんなことを言ったのは、渡米の三日前。八月は中旬に差しかかり、夏休みの終わりも見えてきた頃だった。すっかり世話になったこの部屋とももうすぐお別れ、みんなで大掃除をしていたときだった。

「元気になったら、この借りは絶対返す」

真っ先に目鼻を赤くしたのは花。

「そんなの大丈夫だし、気にしないでいいよ！　それに……私も、楽しかったから」

その言葉に、原くんも頷く。

「そんなこと気にしないで、治療に専念しなよ」

「諒のお父さんにも、本当に世話になった」

「それはこっちこそだよ。父さんも、いいネタになったみたいだし」

原くんのお父さんは、鷲宮の日々の症状を細かく記録し、症状がどんなものかインタビューもしていた。そのうち、誰かの役に立つ情報として発表されるかもしれない。

大掃除も一段落し、花と原くんはいつものスーパーに買いものに行った。手持ち無沙汰になった私は、鷲宮の荷造りを手伝うことにした。

スーツケースの中に、マンションの廊下に積んであった教科書があった。

「勉強、するんだ」

授業もサボってばかりだったたし、鷲宮が勉強をするイメージはまったくわかない。

「戻ってきたとき、あんまりバカになってると将来困るだろ」

将来、という単語に、私の胸はギュッとする。

確かな未来なんて存在しない。

彼が元気になって帰ってこられる保証なんて、本当はどこにもない。

それでも、その不確かなものを鷲宮は選択した。

私が黙っていると、鷲宮が小突いてきた。

「何、しんみりしてんの？」

「まぁ」

「おれに会えなくなるのが寂しいんだろ？」

――おれのこと好きなの？

かつて、鷲宮にそんなふうに訊かれたことを思い出す。

あの頃は、今みたいに親しかったわけじゃないけど。こういうことを臆面もなく口にできるのが鷲宮だったなぁと、なんだか急に思い出して笑ってしまう。

「はいはい、そんなこと――」

「おれは、結構寂しいけどな」

思ってもなかった言葉で反応に困っていたら、鷲宮はいたずらが成功したかのようにケラッと笑った。

こんなふうに鷲宮と会って話せるのも、あと少し。

そんなの、寂しくないわけない。

「ま、入院してもスマホとか普通に使えるみたいだしな。咲織が寂しくなりそうな頃に連絡してやろう」

「……そんなのわかるの？」

「わかるわかる」

「私の気持ちなんか、鷲宮にはわかんないでしょ」

すると、鷲宮はまた笑った。

「おれの気持ちだって、咲織にはわかんねーんだろ」

こんなやり取りを、私たちはあと何回するんだろう。

数えられないくらい、できたらいいな。

「おれが今、何考えてるかわかる？」

「だから、わかんないって――」

「おれはこんなに『咲織』って呼んでるのに、咲織はどうして『啓二』って呼んでくれないのか考えてた」

「は？」

唐突な言葉が意味することを、考えてみたけども。

「……わけわかんない」

たまに名前で呼ばれるなとは、思っていたけど。

わざとだったってこと？

鷲宮は、やっぱりよくわからない。

わからない、だけど。

「……啓二」

そう呼ぶなり、鷲宮はわずかに照れたような顔になった。そして。

顔中で笑うように破顔する。

「ヤバい、元気出た」

「こんなんで？」

「こんなんで」

そして、鷲宮はふいに私の眼前にその左手の小指を突き出してくる。

「絶対、元気になって帰ってくる。そしたら、また下の名前で呼べよ」

その小指に、私も自分の小指を絡めた。

繋いだ小指に力をこめる。

指切りげんまんなんて、いつぶりだろう。

「……わかった。絶対、だからね」

「ああ、絶対」

「私も……私も。わ——」

鷲宮、といつものように呼びそうになったのを、言い直した。

「啓二がいる未来がいい」

繋いだ小指が揺らめく。

世界は綺麗で、鮮やかで。
きみの瞳の色がもうわからない。

エピローグ①　ある女子生徒の希望

その朝、寝ぼけ眼で顔を洗った瀬名明美《せなあけみ》は、鏡に映る自分の顔を見て、「あれ?」と思わず口に出した。

視界がなんだかおかしい。

濡れた手で左の目を擦り、鏡に顔を近づけるようにして、もう一度見てみる。

左の瞳が、まるで日本人でなくなったような、灰色に見えた。

『灰色の瞳』っていう古い曲、前にハルトがカバーしてなかったっけ。などとぼんやり考え、すぐに何かの病気だろうかと不安になった。昨日はベッドに入ってからも、夜遅くまで推しの歌い手、ハルトの配信動画を観ていた。今月のアルバイト代が入ったばかりだったし、ちょっと奮発して投げ銭した。大好きな声で名前を呼んでもらえて、もう涙が出るくらい嬉しくて、さんざん悶えてから眠りに就いた。

夜更かしがいけなかった? それとも別の……?

そのとき、半年ほど前に読んだある記事のことが脳裏に蘇った。《ヴァイオレット・アイ》を発症した、鷹取浩一の隠し子だという男子高生のインタビュー記事。鷹取浩一の記者会見に同席していた息子のインタビューということで、当時その記事はかなり話題になったのだ。

記事の内容自体はとても真面目なもので、当事者が体験した初期症状がどんなものなのかが事細かに記されていた。明美の親しい友だちに《ヴァイオレット・アイ》になった人はいなかったけど、友だちの友だちとか、中学時代に同じクラスだった子とか、身近な範囲では発症した人の噂を聞く。発症率が昔よりも上がっている、なんてニュースを見て、きっと自分には関係ないけど怖いことだな、と思ってもいた。なので、他人事気分ではあったけど、その記事を最後まで読んだのだ。

『《ヴァイオレット・アイ》は初期症状として、左の瞳が紫色に変わります。でも色覚に異常が出るため、当事者には紫の色は認知できず、灰色にしか見えません』

……嘘。

明美はあとずさるように鏡から一歩離れ、それからそばの棚に置いていたスマホに手を伸ばした。信じたくない一心で、《ヴァイオレット・アイ》という単語で検索する。

こんなことをしてる場合じゃない。早く親に言わなきゃ。大きな病院で医療事務の仕事をしているお母さんは、色んな病気に詳しい。《ヴァイオレット・アイ》なんかじゃないわよって、笑い飛ばしてくれるかもしれない。

でも、もし本当に《ヴァイオレット・アイ》だったら？

そのあとは？

もうすぐ高校一年生が終わろうという、三月になったばかり。春休みに仲のいい友だちとテーマパークに行こうと、チケットの予約もしてあった。つい先日には、二年生になったら選択科目をどうしようとお母さんに相談した。六月にはハルトの念願の全国ツアーもある。秋には修学旅行も。

そういうの全部、どうなるの……？

膝の力が抜け、明美はその場にへたり込んだ。視界が回って床に両手をつく。

だって、《ヴァイオレット・アイ》って。

不治の病って奴なんじゃないの？

握ったままのスマホの画面に目が行った。『ヴァイオレット・アイの検査はこちら』『早期の診断が大切です』といった文字に、頭がくらくらし、直後。

『米製薬会社、ヴァイオレット・アイの治療薬、第三相試験成功』

その記事をタップした。明美もよく知っているニュースサイトの、今朝配信の記事だ。

アメリカの大手製薬会社が開発していた《ヴァイオレット・アイ》の治療薬の治験に関する内容だった。薬により各種症状の改善が認められ、近くアメリカでは薬が承認される見通しだということ。日本での承認も実現するかもしれない、という文章でその記事は締めくくられている。

近くの壁に掴まり、明美はゆっくりと立ち上がった。そしてスマホを握りしめ、両親のいるリビングへと駆けていった。

エピローグ② ある女子生徒の未来

修了式が終わり、春休みになったばかり。とはいえのんびりしている暇はなく、予備校では「スタートダッシュが肝心」とのことで課題の山。春休みでも休む暇はない。

——だけど。

その日、私は午前中のうちに課題を終わらせ、出かける支度を整えた。

「どこか行くの？」

今日は在宅ワークをしている母が玄関に顔を出した。

「海浜幕張」

「学校に用？」

「違う。もうさ、ちょっと聞いてよ」

説明すると、母は半ば呆れたように肩をすくめ、それから笑った。

「まぁ、よかったじゃない」

うん、と頷き、そして私は家を出た。

三月末、スプリングコートを着るにはまだ寒かったが、懸垂型のモノレールから見下ろす景色には、花開いた桜の淡いピンクが道なりに連なっていた。少し前に、桜の見頃は今週だとニュースで見た。どこかでお花見っていうのも、いいかもしれない。

そんなことを考えながら、ＪＲに乗り換え、使い慣れた海浜幕張駅で降りた。春休みの平日の昼過ぎ。通勤通学時のラッシュよりはずっと人の少ない駅構内を歩いていき、その姿を捜す。お弁当やお総菜を売っているお店、観光案内所などを見るも、見当たらない。

……駅で待ってるって言ってたのに！

メッセージを送ろうかと立ち止まった、そのとき。

「よ」

背後から肩を叩かれ、パッとふり返った。

「いつになったら、おれに気がつくんだよ」

ずっと捜していた顔が急に目の前に現れ、一瞬言葉に詰まった。

「ただいま」

込み上げた色んな感情に身体が震えかけたけど、深呼吸し、まっすぐに見返す。

「おかえり、啓二」

半年間のアメリカ生活で、啓二は肉づきがよくなっていた。前が痩せすぎだったのでほどよくなったと言えばそうなのだけど、おかげで見た目の印象がかなり変わっていて、私は啓二に気がつかず前を通りすぎてしまったらしい。

「マジで薄情だよな。感動の再会で泣いて抱きつくくらいしろよ」

「気がつかなかったんだからしょうがないじゃん！　髪も短くなってるし」

先週ビデオ通話をしたときは、もっと髪も長かった。今はだいぶさっぱりしている。

「髪は昨日切った」

駅を出た私たちは、ひとまず駅前のファストフード店で花と原くんを待つことにした。同じ予備校に通う二人は、今日の午前中は講義があり、揃って遅れて来る予定。

駅前にも桜の木があり、「満開だ」なんて呟いた啓二を、私は思いっきり小突いた。

「なんだよ」

「感動の再会してほしかったなら、ちゃんと帰国日教えてよ！」

啓二は二日前に帰国していたくせに、昨日の夜になって『今、日本にいるんだけど』などと電話をかけてきた。こんなサプライズあんまりだ。

「もう、信じらんない！　いつ帰ってくるのか、ずっと気にしてたのに！」

「帰国後すぐって、超疲れてそうじゃん。別の日の方がゆっくり会えるかと思ってさ」

「そんなの……帰国日も別の日も、両方会いに行くってば！」

顔を赤くした私に、啓二はふやけるように笑う。その笑顔に怒りは急速に萎《しぼ》んで、あーもうしょうがないなぁなんて思いながら、またその肩を小突く。

この半年、スマホの画面越しにその顔は何度も見てきた。それでも、こうやって顔を突き合わせて、その存在を感じるのは、まったく違う。

啓二は約束を守ってくれた。

ちゃんと帰ってきてくれた。

夢みたいで現実味がなくて、気持ちも足元もふわふわしてしまう。

ファストフード店に入ると、啓二は迷いなくチーズバーガーのセットを注文した。二人がけのテーブル席に着き、私は自分のエビバーガーの包みを剥きつつ啓二に訊く。

「味覚、よくなったとは言ってたけど、どんな感じ？　もう昔と変わらない？」

「概ね昔と同じ。ちょっと薄味な気もするけど」

「そっか」

「おかげで、この数ヶ月で八キロ太った」

「それじゃあ、顔の印象も変わるよねぇ」

スマホの画面越しじゃ、八キロもの変化には気がつけなかった。ぱくぱくとポテトを口に放る啓二をまじまじ眺めていたら気づかれ、不思議そうな顔をされる。

「……おいしそうに食べるなと思って」

あの頃の啓二は、私たちに言われて仕方なく、義務感で食事を口にしていた。それは彼の身体にとってはよかったことかもしれないけど、苦行でもあったかもしれない。

「食事がおいしいってのは、大事なことだな」

「ほかは？　倦怠感とか紫斑とか……」

啓二は油で汚れた指先をペーパーナプキンで拭うと、シャツの袖をまくって見せた。

かつては打ち身のような紫斑だらけだったその腕には、色素が沈着したような薄茶色の痕が残るのみとなっていた。近くで見なければ、色の差はわからなそうだ。

「すごいね。もうこんなに消えてるんだ」

「だな。まぁ、この目以外は、元どおりって感じになりそう」

そう笑った啓二の左の瞳は、あいかわらずの澄んだ紫色。

治療薬の効果はあり、症状の進行は止まって命の心配はまったく不要となるほど啓二は回復した。けど、左目の色だけは変わらず、色覚にも異常があるままだという。

「目の色だけは、このままになる可能性が高いって。今後、治療薬ができる可能性もあるけど、生きるか死ぬかの問題じゃなかったら、あと回しになるかもな」

事前に聞いていたことではあるけど、いざその色を直視すると、複雑な気持ちにはなる。けど、「後遺症みたいなもんだな」と言う啓二の口調は明るい。

「色覚を補助するようなコンタクトもあるらしいんだけど、この状態にもすっかり慣れちやったしな。しばらくはこのままでもいいかも」

今後、紫の瞳を持つ者には、治療中の患者だけでなく、治療を終えて後遺症を抱えた元患者の二パターンが存在することになる。

その頃には、社会はもっと《ヴァイオレット・アイ》に寛容になっているだろうか。

通りすがりに啓二の左目に気がつき表情を変え、不躾な視線を向けてくる人はやはり少なくなかった。啓二自身は何も気にしていないように見えるが、胸の内はわからない。

これからも、私にできることはきっとある。それを模索して、考え続けたい。

花からメッセージがあり、あと五分ほどで駅に着くとのこと。私たちは食べ終えたゴミを片づけ、店を出ようとした。

「……あ、すみません」

入口のそばで三十代くらいの男性にぶつかりかけ、私は慌てて身体を横に避けた。

「こちらこそ」

会釈するように頭を下げたその男性の顔を見て、あれ、と思う。

「──咲織！」

先を行っていた啓二に呼ばれ、私は店を出た。

「さっきの人にぶつかって、何か言われた？」

「ぶつかってないし、なんにも言われてない。ただ……」

あの男の人の左目。

なんだか、変わった色をしていたような。

「ただ?」

「……なんでもない。多分、気のせい」

そう言いながらもなんとなくすっきりせず、考え込んでいると。

ふいに手を取られた。

「なら行こう」

その手は、予想外に体温が高かった。

唐突に込み上げてきたものを堪え、強く握り返す。

重なった手のひらが熱い。

私たちは、間違いなく〝今〟を生きている。

私が願ってやまなかった、啓二が欲しいと口にした、そんな未来。

そんな〝今〟。

思わず足を止めた私を、啓二が不思議そうにふり返る。

「どした?」

「急に実感、わいてきた」

かつて、きみは一人で死ぬことを望んでた。

ともに死を恐れたこともあった。

先の見えない長い夜のような日々だった。

それでも、こんな未来を迎えられた。

風に吹かれ、桜の木が花びらを散らす。

舞い踊る花びらに、啓二が手を伸ばした。

迎えた春を、これから訪れる夏を、さらにその先の季節を。

またきみと過ごせますように。

「今こんなふうにしてるの、嘘みたい」

涙ぐむ私の頭に、啓二は桜の花びらを掴み損ねた手を置いた。

「咲織がすぐ泣くってこと、忘れてた」

「泣いてないし」

むくれて顔を上げると、左右で色の異なる瞳が笑う。

「嘘はもうおしまいでいーだろ」

私たちを呼ぶ声がする。それに揃って大きく手をふり、どちらともなく駆け出した。

あとがき

最後までお読みいただきありがとうございました。ことのは文庫では初めましてになります、神戸遥真と申します。

私は普段から中高生のお話を書く機会が多いのですが、ライト文芸で高校生のお話を書くのがとっても久しぶりでして。気合いを入れて書きました。楽しかったです。

今作には、個人的に思い入れのあるモチーフをたくさん詰め込みました。「瞳が紫に変わる」という設定は、アマチュア時代に書いた作品に元ネタがあります。その作品は遠未来SFだったのですが、現代に舞台を変えてまた書けたこと、とても感慨深いです。

また、舞台の海浜幕張は、出身の千葉市であることに加え、デビュー作でも舞台にした思い出の地です。そして、光希が好きな地形図、大学時代に地理学を専攻していた私も本当に大好きで。今回は執筆前に、印刷した地形図に蛍光ペンでマーキングをしながら、海浜幕張駅や豊砂駅周辺を一人で十キロ近く歩きました。作中にも登場する幕張舟溜跡公園の電子基準点は、本当に凜々しく立派で格好よく大変感動しました。実はこの電子基準点、取材ついでに趣味で見に行っただけで当初は作中に出す予定はなかったのですが、気がついたら書いてました。お近くの方、機会があったらぜひ見に行ってみてください。

今作は、子どもだからできないこと、子どもだからこそできること、などを強く意識して書きました。多感な十代の時期、身体は大人に近づいていても、法的には親の保護の下にあり経済力もありません。思い返してみると、自分自身、もどかしいことだらけだったように思います。それでも、その時代だからこそ選べることも、できることもたくさんあります。そういうものを描けていたらいいなと思います。

それでは最後に謝辞を。今作では、房野様に本当に素晴らしく繊細なイラストを描いていただきました。一つ一つのモチーフに丁寧に意味を込めてくださり、作家冥利に尽きるのひと言です。この度は本当にありがとうございました！

また、今回素敵な機会をくださり丁寧に対応いただいた、ことのは文庫編集部の佐藤様、田中様。校正者様、営業様など、関わってくださったすべての方にお礼申し上げます。

そして何より、この本を手に取ってくださった読者の皆様に最大級の感謝を。感想など気軽にいただけますと、今後の励みにもなりますし小躍りして喜びます。

今後も作家業を続けていく予定です。また別の作品でお会いできますと嬉しいです！

二〇二四年二月　神戸遥真

ことのは文庫

嘘《うそ》つきな私《わたし》たちと、紫《むらさき》の瞳《ひとみ》

2024年2月26日　初版発行

著者　神戸遥真《こうべはるま》

発行人　子安喜美子

編集　佐藤　理／田中夢華

印刷所　株式会社広済堂ネクスト

発行　株式会社マイクロマガジン社
URL：https://micromagazine.co.jp/
〒104-0041
東京都中央区新富1-3-7 ヨドコウビル
TEL.03-3206-1641 FAX.03-3551-1208（販売部）
TEL.03-3551-9563 FAX.03-3551-9565（編集部）

ISBN978-4-86716-534-8　C0193